애니 존

ANNIE JOHN
by Jamaica Kincaid

세계문학전집
2 1 3

Jamaica Kincaid : Annie John

애니 존

저메이카 킨케이드 장편소설

정소영 옮김

문학동네

앨런에게, 사랑을 담아

일러두기

1. 번역 대본으로는 *Annie John*(Jamaica Kincaid, Farrar, Straus and Giroux, 1997)을 사용했다.
2. 주석은 모두 옮긴이주다.
3. 본문 중 고딕체는 원서에서 이탤릭체로 강조한 부분이다.

차례 ▮

1장
저멀리 보이는 형상

열 살이던 그해, 내가 모르는 사람들만 죽는다고 생각했던 때가 잠깐 있었다. 그런 생각을 했던 당시 나는 여름방학을 보내고 있었고, 우리는 한참 외곽인 포트 로드에 살고 있었다. 평소에 우리는 아빠가 직접 지은 디킨슨베이 스트리트의 주택에서 살았지만, 그때는 그 집 지붕을 새로 올리느라 외곽인 포트 로드에서 지냈다. 이웃이라고는 딱 두 사람이었다. 메이너드 선생님과 그 남편. 그해 여름 우리집에는 막 새끼를 낳은 돼지 한 마리랑 뿔닭 몇 마리가 있었다. 엄마 말로는 오리알치고도 크다던, 아주 커다란 알을 낳는 오리도 있었다. 나는 그 커다란 오리알을 완전히 삶은 것 아니면 다른 음식은 다 먹기 싫었다. 나는 아침저녁으로 가금과 돼지에게 먹이를 줄 뿐 달리 할일이 없었다. 말할 상대도 부모님뿐이었다. 아니면 간혹 채소 찌꺼기를 가지러 가서 메이

너드 선생님을 만나면 몇 마디 주고받거나. 돼지가 채소 찌꺼기를 무척 좋아해서 엄마가 선생님에게 모아달라고 부탁했던 거다. 우리집 마당에서는 묘지가 보였다. 저녁나절에 돼지 먹이를 주다가 보면 이따금 저 멀리로 작은 형상들이 보인다고 엄마에게 말하기 전까지는 그곳이 묘지인 줄도 몰랐다. 막대기 모양의 갖가지 형상들이 어떤 건 검은 옷을, 어떤 건 흰옷을 입고 불쑥불쑥 튀어올랐다. 나는 그 검은색, 흰색 형상들이 간혹 아침에 나타난다는 것도 알게 되었다. 엄마는 어린아이를 묻나보다 했다. 아이들은 꼭 아침에 묻는다고. 그전까지 난 어린아이가 죽는지도 몰랐다.

내가 아는 사람들은 다들 그랬지만, 나도 죽은 사람이 무서웠다. 그들이 언제 다시 나타날지 전혀 예상할 수 없었기 때문에 무서웠다. 때로 꿈에 나타나기도 했지만, 그건 대개 경고할 일이 있어서고 어쨌든 꿈에서 깨면 그만이라 딱히 나쁘지 않았다. 하지만 가끔은 사람이 지나가려는 참에 나무 아래 서 있는 모습이 불쑥 눈에 들어오기도 했다. 그러면 그것들이 집까지 따라올지도 모르고, 집안까지는 못 들어오더라도 밖에서 기다리다가 가는 곳마다 따라다닐지도 몰랐다. 그렇게 되면 내가 그들 무리에 합류하기 전까지는 절대 그만두지 않을 것이다. 엄마는 그런 식으로 죽은 사람들을 많이 알았다. 엄마의 오빠를 포함해서 아는 죽은 사람이 많았다.

묘지에 대해 알게 된 후 나는 마당에 서서 장례 행렬이 지나가기를 기다리곤 했다. 어떤 날은 장례 행렬이 없었다. "죽은 사람이 없어." 난 엄마에게 그렇게 말하곤 했다. 또 어떤 날엔, 이제 포기하고 집안으로 들어가려는 순간 작은 점들이 눈에 들어왔다. "왜 이렇게 늦게 온 거야?” 엄마에게 물었다. 아마 관뚜껑 닫히는 것을 차마 볼 수 없던 사람이 있고 장의사도 배려하느라 억지로 뚜껑을 닫지 않아 오래 걸린 걸 거라고 엄마가 말했다. 장의사라니! 시내에 나갈 때면 우리는 장의사 앞을 지나가곤 했다. 건물 외벽에 ‘스트래피 앤드 선스, 장례와 관 제작’이라고 적힌 작은 명패가 있었다. 소나무와 니스 냄새가 주변에 감돌았기 때문에 근처에만 가도 알 수 있었다.

얼마 후 우리는 다시 시내의 우리집으로 돌아갔고, 이제 묘지는 볼 수 없었다. 여전히 내가 아는 사람들은 아무도 죽지 않았다. 어느 날 나보다 어린 여자아이가 우리 엄마의 품안에서 숨을 거두었다. 그 아이 엄마와 우리 엄마는 친구였다. 우리집 마당에서 나오는 그 아이와 아이 엄마를 한두 번 지나치면서 잠깐 본 적은 있었겠지만, 난 그 아이를 전혀 몰랐다. 나는 그 아이에 대해 들었던 이야기를 모두 떠올려보았다. 이름은 날다였다. 빨간 머리에 삐삐 말랐었다. 아무것도 먹으려 하질 않았다. 사실은 진흙을 잘 집어먹었고, 그래서 그애 엄마는 그러지 못하게 하려고 늘 눈을 부릅뜨고 지켜보았다. 그애 아빠는 벽돌공이었고, 우리 아빠는 그 엄마의 옷차림이 분에 안 맞는다고 했다. 엄마가 아빠에게 아이가 죽게 된 사정을 얘기해서 나도 들었다. 고열에 시달리다 호흡이 거칠어져 차를 불러 의사인 베일리 선생님에게 급히 데려가고 있었는데, 다리를 건너는 중에 아이가 길게 숨을 내쉬더니 축 늘어졌다고 했다. 베일리 선생님이 사망진단을 내렸고, 그 말을 듣고 나는 그가 우리 주치의가 아니라서 정말 기뻤다. 엄마는 아빠에게 날다의 관을 만들어달라고 부탁했고, 그래서 아빠가 옆면에 작은 꽃 여러 다발을 새긴

관을 만들었다. 날다의 엄마는 울기만 했으므로 엄마가 모든 일처리를 도맡았다. 어린아이 장례는 장의사에서 하는 법이 없어서, 장례 일까지 엄마가 다 해야 했다. 그때부터 난 엄마의 손을 달리 보게 되었다. 엄마가 그 손으로 죽은 아이의 이마를 쓰다듬었다. 아이를 씻기고 옷을 입혀서 아빠가 만든 관 속에 눕혔다. 죽은 아이의 집에서 돌아온 엄마에게서 베이럼 냄새가 났다. 그후 오랫동안 난 그 냄새만 맡으면 속이 불편했다. 아주 오래는 아니었지만, 한동안은 그랬다. 엄마가 날 쓰다듬거나 내가 먹을 음식에 손을 대거나 내가 목욕할 때 도와주는 걸 견딜수가 없었다. 특히 엄마의 두 손이 무릎 위에 가만히 놓여 있는 광경을 견딜 수가 없었다.

학교에서 친구들에게 그 아이의 죽음을 이야기했다. 그 내용을 자세하게 여러 번 반복하려고 한 명씩 따로 불러내서 들려주었다. 친구들은 입을 떡 벌리고 내 얘기를 들었다. 그러고 나서는 자기들이 아는 죽은 사람 이야기나, 자신이 들었던 죽은 사람 이야기를 했다. 그럼 내가 입을 떡 벌리고 그 얘기를 들었다. 한 친구는 잘 아는 이웃이 소풍을 가서 점심을 잔뜩 먹고 수영하다가 물에 빠져 죽었다고 했다. 어떤 아이의 사촌은 어느 날 무슨 일인가를 하다가 그냥 쓰러져 죽었다고 했다. 또 어떤 아이는 독 딸기를 먹고 죽은 남자아이를 안다고 했다. "말도 안돼." 우리는 서로 그렇게 말했다.

난 소니아라는 이름의 여자아이를 무척 좋아했다. 그래서 그애가 울음을 터뜨릴 때까지 괴롭히곤 했다. 나이가 두 살이나 많았지만 나보다 작았고, 지진아였다. 내가 처음으로 만난 진짜 지진아였다. 얼마나 덜 떨어졌는지 자기 이름 쓰는 법을 까먹을 때도 있었다. 난 되도록 학교에 일찍 가서 그애에게 내 숙제를 주고 베껴쓰게 했고, 수업시간에 산수 답을 알려주기도 했다. 내 친구들은 다들 그애를 무시했다. 내가 그 아이를 거명하며 좋은 말이라도 하면 입을 삐죽거리며 비웃었다. 내 눈에는 그 아이가 아름다웠고, 그래서 그렇게 말하기도 했다. 팔과 다리의 검은 털이 얼마나 굵고 긴지 살갗에 납작하게 붙어 있었다. 뒷목부터 등줄기를 따라, 교복으로 가려지는 부분 바로 위까지 똑같이 길고 굵은 검은 털이 죽 이어졌다. 산들바람이 갈라놓기라도 한 듯 양편으로 뻗쳐 있다는 게 달랐을 뿐. 쉬는 시간이면 난 엄마 지갑에서 훔친 돈으로 그애에게 단것—얼음과자라고 불리는 것이었다—을 사주고, 학교 운동장 나무 아래 함께 앉아 있곤 했다. 나는 눈을 크게 떴다 가늘게 떴다 하면서, 그애가 내 시선이 불편해 꼼지락거릴 때까지 그애를 빤히 쳐다봤다. 그다음엔 그애 팔다리의 털을 잡아 뜯었다. 처음엔 살살 하다가 나중엔 손끝으로 꽉 붙들고 그애가 비명을 지를 때까지 엄청 세게 잡아당겼다. 몇 주 동안 그애가 학교에 나오지 않았고, 우리는 임신 중이던 그애 엄마가 갑자기 죽었다는 말을 들었다. 그애는 이후로도 이 년 더 나랑 한 반이었지만, 난 도무지 그애에게 말을 걸 수 없었다. 엄마가 그렇게 죽어 이 세상에 홀로 남겨지다니, 너무 망신스러운 일 같았다.

어린 여자애가 의사에게 가는 도중에 우리 엄마 품안에서 죽은 지 얼마 되지 않아, 길 건너 이웃인 미스 샬럿이 엄마와 이야기를 나누다가 갑자기 쓰러지더니 숨을 거두었다. 엄마가 붙잡지 않았으면 땅바닥으로 쓰러졌을 것이다. 그날 내가 학교에서 돌아왔을 때 엄마는 "미스 샬럿이 죽었다"고 말했다. 미스 샬럿은 나도 잘 알았기에 난 그의 죽음을 상상해보려 했다. 상상이 되질 않았다. 사람이 죽으면 어떤 모습인지 난 알지 못했다. 시장에 갔다가 돌아오는 미스 샬럿이 어떤 모습인지는 알았다. 교회에 갈 때 어떤지도 알았다. 거리를 오르락내리락하며 날 쫓는 자기 개한테 그런 식으로 날 겁주지 말라고 말할 때의 미스 샬럿도 알았다. 한번은 미스 샬럿이 아파 누워 있을 때 엄마가 그릇에 음식을 담고는 내게 갖다주라고 해서 잠옷을 입고 침대에 누워 있는 미스 샬럿을 보았다. 미스 샬럿은 아빠가 만들지 않은 관 속에 들어가 땅에 묻혔고, 어른들은 나를 장례식에 못 가게 했다.

학교에 가면, 내가 아는 애들은 거의 다 죽은 사람을 본 적이 있다고 했다. 죽은 사람 귀신이 아니라 실제로 죽은 사람. 내 옆자리에 앉은 여자애는 그애 엄마가 죽은 사람을 씻긴 물로 손을 씻겨준 후로 엄지손가락 빠는 걸 당장 그만두었다. 나는 분명 그냥 물이었을 거라고, 너희 엄마가 널 속였을 거라고 말해주었다. 정확히 우리 엄마가 내게 할 법한 장난이었기 때문이다. 하지만 그애는 우리 엄마를 만나보고는 우리 엄마와 자기 엄마는 전혀 다르다고 했다.

나는 장례식에 다니기 시작했다. 공식적인 문상객으로 간 것은 아니었다. 죽은 사람은 다 모르는 사람들이었고, 난 부모님 허락을 받지 않고 갔다. 문상객들이 마지막으로 망자를 볼 수 있도록 관을 내어놓은 장례식장이나 응접실을 찾아갔다. 누군가 세상을 떴음을 알리는 교회 종소리가 들리면, 난 누가 죽었는지, 장례식은 어디에서 하는지—개인 집에서 하는지 장례식장에서 하는지—를 알아내려 했다. 장례식장은 하굣길과 거의 같은 방향이었지만, 누군가의 집으로 가려면 집과 반대 방향으로 가야 할 때도 있었다. 처음에는 안으로 들어가지 않았다. 그냥 밖에 서서 드나드는 사람들을 쳐다보고, 친척과 친구들의 요란한 통곡 소리와 구슬픈 넋두리 소리를 듣다가 교회로 움직이는 장례 행렬을 지켜보았다. 그러다가 안으로 들어가 관 속을 들여다보기 시작했다. 죽은 사람을 실제로 처음 보았을 때 무슨 생각을 어떻게 해야 할지 몰랐다. 내가 아는 사람이 아니었으므로 딱히 비교해 생각해볼 수가 없었다. 그 사람이 생전에 웃거나 미소를 짓거나 인상을 쓰거나 텃밭에서 닭을 쫓는 모습을 본 적이 없는 것이다. 그래서 내가 그저 호기심에 왔다는 걸 아무도 알아채지 못할 만큼만 보고 또 봤을 뿐이다.

어느 날 내 또래의 여자아이가 죽었다. 이름도 몰랐고, 내 또래에 곱사라는 사실 외에 개인적으로 아는 것은 없었다. 나와 다른 학교에 다녔는데, 그 아이 장례날 그 학교 전체가 휴교했다. 우리 학교에서 우리끼리 할 수 있었던 말은 "넌 그 곱사 여자애 알았어?" 정도였다. 언젠가 도서관에서 책을 대출받으려고 그 아이 뒤에 서 있던 일이 떠올랐다. 그때 굽은 등 위로 평평하게 펼쳐진 그애의 옷깃 위에 파리 한 마리가 내려앉아 왔다갔다하는 게 보였다. 그 아이가 죽었다는 말을 들었을 때, 난 굽은 그 등 안이 비었는지 한번 두드려볼 걸 그랬다 싶었다. 머리를 네 갈래로 땋았는데, 모양이 삐뚤빼뚤했던 기억도 났다. "분명 머리를 혼자 땋았던 거야." 내가 말했다. 어쨌든 마침내 내가 아는 누군가가 죽었다. 장례날, 나는 저녁기도를 마무리하는 '아멘'을 내뱉자마자 날듯이 학교를 빠져나와 장례식장으로 갔다. 도착해보니 그 학교 여학생들이 거리를 가득 메우고 있었다. 다들 흰색 교복을 입고 있었다. 제법 많은 수가 모여서는 아주 근엄한 표정으로 나지막이 이야기를 나누며 주변을 서성이고 있었다. 걸음을 멈추고 그들을 부러워할 여유가 내겐 없었다. 곧바로 문 쪽으로 다가가 장례식장 안으로 들어갔다. 거기 그애가 있었다. 니스칠을 한 평범한 소나무 관 속에, 연보라색과 흰색의 라일락꽃 위에 누워 있었다. 흰색 원피스를 입었는데, 그 밑자락이 발목까지 내려왔겠지만 자세히 살펴볼 시간은 없었다. 내가 보고 싶었던 건 그애의 얼굴이었다. 도서관에서 본 그애의 모습을 기억했다. 평범한 얼굴이었다. 검은색 눈에 납작한 코와 두툼한 입술. 죽어서 누워 있는 그애는 똑같은 모습이었다. 눈이 감긴데다 미동도 없다는 점만 빼면. 망자가 마치 잠을 자는 것 같더라던 누군가의 말을 들은 적이 있다. 잠자는 사람이야 나도 봤지만, 이 아이는 잠자는 것처럼 보이지 않았다. 부모님이 내게 뷰마스터*를 사준 지 얼마 안 된 때였다. 뷰마스터에 피라미드와 타지마할과 에베레스트산과 아마존강의 풍경 사진도 딸려왔다. 뷰마스터가 제대로 작동할 때면 그 풍경이 정말 실제 같아서, 마치 내가 뷰마스터 안으로 들어가 아마존강을 따라 배를 타고 내려가거나 피라미드 발치에 설 수 있을 것만 같았다. 제대로 작동하지 않을 때면 그저 평범한 컬러사진과 다를 바 없었다. 이 아이를 내려다보고 있으니 뷰마스터가 제대로 작동하지 않는 느낌이었다. 난 한참을 뚫어져라 바라보았다. 얼마나 오래 그러고 있었는지 관 속의 망자를 보려고 기다리는 줄이 점점 길어지고 사람들이 슬슬 조바심을 내기 시작했다. 물론 나는 그동안 내내 열 손가락을 모두 말아서 꽉 쥐고 있었다. 괜한

───────────

* 반사식 입체경 장난감 브랜드.

실수로 손가락질을 했다가 손가락이 그 자리에서 썩어 문드러지는 일을 당하고 싶지는 않았으니까. 나는 문상객 사이에 자리를 잡고 앉았다. 그애의 가족이 내게 미소를 지어 보였다. 교복이 달랐음에도 내가 학교 친구려니 지레짐작하는 게 확실했다. 문상객들이 〈아름답고 찬란한 세상〉을 불렀다. 곱사 여자아이가 처음으로 외워 부른 찬송가라고 그애 엄마가 말했다.

나는 집으로 걸어갔다. 이미 하교 때를 한참 넘긴 시각이었지만 난 너무 흥분된 상태라 걱정도 되지 않았다. 혹시 언젠가 내가 혼자 어디를 가다가 나무 아래 서 있는 곱사 여자아이를 보게 되진 않을지, 그애가 같이 헤엄을 치러 가자거나 과일 따먹으러 가자고 하진 않을지, 그러고 나면 어느새 엄마가 아빠에게 내 관을 짜달라고 하는 일이 생기는 건 아닐지 궁금했다. 물론 아빠는 너무 슬픔에 겨워 직접 관을 짜지 못할 거라 오티 아저씨에게 부탁해야 할 것이다. 안 그래도 아빠는 오티 아저씨에게 뭔가 부탁하기를 아주 싫어했다. 전에 아빠가 엄마에게 하는 말을 들었는데, 오티 아저씨는 남의 피를 쪽쪽 빨아대는 거머리 같은 인간이라 뭐든지 값을 두 배로 받는다고 했다.

집에 갔더니 엄마가 오는 길에 우리집 단골 어부 얼 아저씨한테서 생선을 받아왔느냐고 물었다. 너무 들뜬 나머지 나는 그 심부름을 까맣게 잊었다. 재빨리 머리를 굴려서, 시장에 가보니 얼 아저씨가 그날 파도가 너무 높아서 바다에 나가지 못했더라고 둘러댔다. "그래?" 엄마가 그렇게 말하더니 프라이팬 뚜껑을 열었다. 그 안에는 레몬즙과 버터를 뿌리고 양파를 얹은 생선 세 마리가 나란히 놓여 있었다. 아빠가 먹을 에인절피시와 엄마가 먹을 카나피시, 그리고 내가 먹을 레이디 닥터피시. 우리가 각자 좋아하는 특별한 생선이었다. 내가 장례식장에 가 있는 사이, 날 기다리다가 지친 얼 아저씨가 직접 집으로 가져다준 것이었다. 그날 밤 난 벌로 혼자 밖에 나가 빵나무 아래에서 저녁을 먹었다. 엄마는 내게 잘 자라는 입맞춤도 해주지 않을 거라고 했다. 하지만 내가 침대에 눕자 엄마가 들어와서 입맞춤을 해주었다.

2장
둥글게 움직이는 손

　방학중에는 아빠가 일하러 나간 후에도 한참 동안 침대에 누워 있어도 되었다. 주중에 아빠는 매일 성공회 교회에서 일곱시 종이 울리면 집을 나섰다. 잠에서 깨어 침대에 누워 있으면 부모님이 하루 일과를 시작하는 소리가 다 들렸다. 엄마가 아침을 차리는 동안 아빠는 대개 상아 손잡이가 달린 면도용 솔과 그와 짝을 이루는 면도기로 수염을 밀었다. 그러곤 밖으로 나가 화장실로 쓰려고 아빠가 직접 지은 움막으로 가서 간단하게 목욕을 했다. 아빠는 엄마에게 목욕물을 밤사이 이슬을 맞도록 바깥에 두라고 했다. 그러면 물은 아주 차가워졌고, 아빠는 찬물이 허리를 튼튼하게 해준다고 믿었다. 내가 아들이었다면 같은 처치를 받았겠지만, 난 딸이었고 게다가 여학교에 다녔으므로, 엄마는 내 목욕물에는 뜨거운 물을 좀 섞어서 냉기를 없앴다. 일요일 오후, 내가 주일학교에 있는 동안 아빠는 뜨거운 물로 목욕을 했다. 엄마는 욕조에 물을 반쯤 채운 뒤 거기에 기나피와 월계수 잎을 넣고 끓인 물을 한 솥 부었다. 기나피와 월계수 잎을 넣는 이유는 순전히 아빠가 그 향기를 좋아하기 때문이었다. 아빠는 몇 시간이고 그 물속에 들어앉아 만들려는 가구의 도안이나 축구경기 내기 표를 들여다봤다. 내가 주일학교에서 돌아오면 우리는 다 같이 앉아 일요일 만찬을 즐겼다.

엄마와 나는 왕왕 목욕을 함께했다. 어떤 때는 금방 끝나는 간단한 목욕이었다. 또 어떤 때는 바로 그 커다란 솥에 기나피를 비롯한 여러 나무의 꽃과 별별 향유를 넣고 물을 끓여 특별한 목욕을 했다. 신기한 향이 나는 양초를 피워놓은 어둑한 방안에서 그 물속에 들어앉아 있곤 했다. 그럴 때면 엄마가 내 몸을 구석구석 닦아주었다. 그러곤 엄마 몸도 구석구석 닦았다. 엄마가 자주 찾는 주술사, 외할머니, 그리고 믿을 만한 친구와 논의한 후 우리는 이런 목욕을 시작했다. 집안에서 벌어지는 일들로 미루어 세 사람은 공통된 의견을 내놓았다. 내 발등에 생긴, 별것 아닌 생채기가 덧나서 염증이 심해지는 바람에 한참 후에야 다 나았다든가, 엄마가 아는 개 한 마리가, 그것도 순하기만 하던 개가 갑자기 돌변해서 엄마를 물었다든가, 정확히 기억나지 않을 만큼 오랫동안 가지고 있었고, 앞으로도 평생 지니고 싶었던 도자기 사발이 야무진 엄마의 손에서 스르륵 미끄러져 완전히 산산조각이 났다든가, 엄마가 친구에게 농담으로 던진 말이 얼토당토않은 오해를 샀다든가 하는 일들—그게 다 아빠가 사랑했지만 결혼은 하지 않았던 수많은 여자 가운데 아빠의 아이를 낳은 누군가가 엄마와 나에게 저주를 걸어 해를 입히려 하기 때문이라는 것이었다.

나는 자리에서 일어나면 이불과 잠옷을 햇볕에 내다 널고, 이를 닦고 세수를 하고 옷을 입었다. 그러면 엄마가 아침을 차려주었다. 하지만 방학 때는 학교에 가지 않으니 죽과 계란, 오렌지나 자몽 반쪽, 버터 바른 빵, 치즈로 아침을 거하게 먹지 않아도 되었다. 버터 바른 빵과 치즈와 죽과 코코아를 조금 먹으면 되었다. 그러곤 종일 엄마 뒤꽁무니를 쫓아다니며 엄마가 하는 일을 지켜보았다. 식료품점에 가면 엄마는 무엇을 사건 그걸 왜 사는지 내게 설명해주었다. 식빵이나 버터를 보는 데도 적어도 열 가지 다른 시각이 있었다. 시장에 가는 날, 게를 좀 살까 하는 마음이 있으면 엄마는 게 장수에게 파럼 연안에서 잡은 게인지 물었고 그렇다고 하면 사지 않았다. 파럼에는 나환자 수용소가 있었는데, 엄마는 게가 나환자들이 먹다 남긴 음식을 먹었을 거라고 믿었다. 그런 게를 먹으면 우리도 나병에 걸려 나환자 수용소에서 불행하게 살게 될 거라고 했다.

엄마와 함께 있으면 나까지 얼마나 우쭐한 기분이 되었는지 모른다. 집기나 먹을거리를 벌여놓고 파는 사람들은 엄마 모습만 보이면 반색을 하며 어떻게든 엄마의 관심을 끌려 했다. 가판대 아래로 몸을 숙여 늘어놓은 물건보다 훨씬 더 좋은 물건을 끄집어내곤 했다. 엄마가 물건 하나를 집어들고 이리저리 돌려가며 살펴보다가, 얼굴을 찡그리며 "이건 안 되겠네요" 하고 몸을 돌려 다른 데로 가버리면 다들 실망한 기색이 역력했다. 지난주에 맛좋은 차요테를 샀던 곳에 그런 좋은 물건이 또 있으려나 하며 다른 가판대로 가버리면 말이다. 그들은 멀어지는 엄마의 등뒤에 대고 다음주에 토란이나 타로감자나 뭐 그런 걸 가지고 나올 거라고 큰 소리로 외쳤고, 그러면 엄마는 "그때 보죠"라고 못 믿는

투로 대꾸했다. 그다음으로 케네스 아저씨네에 간다면 거기서는 몇 분이면 충분했다. 아저씨는 언제나 엄마가 원하는 것을 정확하게 알고 미리 준비해놓았기 때문이다. 케네스 아저씨는 나를 아주 어릴 때부터 알았고, 나를 위해 따로 챙겨놓은 생간을 내어줄 때마다 내 어릴 적의 소소한 일화를 들려주곤 했다. 생간은 내가 좋아하는 몇 안 되는 음식 가운데 하나였는데, 엄마는 내가 건강에 좋은 음식을 먹는 걸 보면 아주 기뻐했고, 생간이 혈구에 어떤 작용을 하는지 자세히 말해주곤 했다.

엄마와 나는 대체로 별다른 사건 없이 뜨거운 정오의 해를 받으며 집으로 걸어왔다. 내가 아주 어렸을 때, 곁에서 걷던 엄마가 갑자기 나를 잡아채어 치맛자락으로 감싸고는 다급하다는 듯 걸음을 재촉한 적이 꽤 여러 번 있었다. 누군가 격분한 목소리로 사납게 외치는 소리가 들렸고, 엄마는 그 사나운 목소리가 멀어지면 나를 놓아주었다. 엄마도 아빠도 내게 모든 걸 터놓고 말해준 적은 없었지만, 나는 이런저런 일들을 짜맞춰본 뒤 그 사람이 아빠가 사랑해서 한 명이든 여러 명이든 아빠의 아이를 낳은 여자들 중 하나로, 엄마와 결혼해서 나를 낳은 아빠를 절대 용서하지 못한다는 것을 알아냈다. 틈만 나면 나와 엄마에게 해를 입히려는 여자들 중 하나. 그들 중 어느 누구도 아빠에게 해를 입히려 한 적은 없으니 아빠를 엄청나게 사랑했던 것이 틀림없다. 아빠가 거리에서 그들 앞을 지나갈 때면 양쪽 모두 서로 전혀 모르는 사이처럼 굴었다.

집에 도착하면 엄마는 점심 준비를 했다. (그날 장에서 산 재료에 따라, 새알심을 넣은 호박 수프나 가지와 토마토와 함께 끓인 염장 생선을 곁들인 바나나 튀김, 가지와 토마토와 함께 끓인 염장 생선을 곁들인 편지*, 페퍼팟** 등을 만들었다.) 엄마가 이 냄비 저 냄비를 오가며, 여기는 한 번 저어주고 저기에는 뭔가를 더 집어넣고 할 때마다 그 뒤를 졸졸 따라다녔다. 엄마는 보글보글 끓는 음식을 조금 떠내 간을 볼 때면 언제나 내게도 주면서 맛이 어떠냐고 물었다. 정말로 내 의견이 궁금해서라기보다는 무슨 일이든 나를 끼워주려고 그런 것이다. 내 미각이 아직 제대로 발달하지 않았다는 말을 엄마가 여러 번 했으니 말이다. 엄마는 요리를 하면서 빨랫거리에도 신경을 썼다. 그날이 화요일이어서 색깔 있는 빨래에 풀을 먹인 날이면, 난 빨래집게 통을 들고는 빨랫줄에 빨래 너는 엄마를 따라다녔다. 풀 먹인 색깔 빨래가 빨랫줄에서 마르는 동안 흰 빨래는 돌무더기 위에 널어 표백을 했다. 아빠가 엄마를 위해 만들어준 아름다운 돌무더기였다. 높이가 6인치 정도 되는 원형 돌무더기로, 마당 한가운데에 있었다. 그 위에 비누칠을 한 흰 빨래를 널어놓았다. 빨래가 햇빛에 마르면서 얼룩도 지워지면, 그것을 다시 물통에 담가 적셨다. 방학 때는 엄마 대신 내가 그 일을 했다. 빨래를 적시고 있으면 엄마가 등뒤로 와서 옷을 꼼꼼히 다 적시는 법을 알려주고, 셔츠 소맷자락 뒤집는 법도 보여주었다.

점심을 먹으며 엄마와 아빠는 아빠가 지을 집에 대해 이야기를 나누었다. 수하의 어떤 도제나 오티 아저씨가 아빠 속을 얼마나 썩이는지, 둘은 지금까지의 내 학교 교육을 어떻게 보는지, 자비스 아저씨가 친구들과 집에 틀어박혀 며칠 동안 럼주를 마시며 직접 잡은 생선을 먹고 한 명씩 돌아가며 아코디언을 연주하고 춤을 추어대서 얼마나 시끄러

---

* 옥수숫가루와 오크라를 끓인 음식.
** 고기와 야채를 넣어 끓인 스튜.

운지, 그런 대화가 한없이 이어졌다. 그렇게 이야기를 주고받는 두 사람을 보느라 내 고개가 계속 좌우로 움직였다. 아빠에게 시선을 둘 때는 그 생김새에 별다른 생각이 들지 않았다. 하지만 시선이 엄마에게 갈 때면 내 눈에 엄마는 아름다웠다. 머리 모양은 6펜스 동전에 새겨도 될 만큼 아름다웠다. 기다란 목과 길게 땋은 머리가 얼마나 아름다운지. 머리칼을 늘어뜨리면 너무 더워서 엄마는 머리를 땋아 정수리에 둥글게 올려 핀을 꽂았다. 엄마의 코는 막 벌어지기 직전의 꽃을 닮았다. 음식을 씹으며 동시에 말을 하느라 위아래로 움직이는 엄마의 입도 얼마나 아름다운지, 그 입을 한없이 바라봐야 한대도 충분히 그럴 수 있을 것 같았다. 입술은 길고 아주 얇았는데, 엄마가 무슨 말을 할 때면 희고 커다란 치아가 살짝 드러났다. 내 원피스의 멋진 단추처럼 아주 크고 반짝이는 치아였다. 엄마가 아빠와 이런 분위기 속에 있을 때면 난 엄마의 말에는 그다지 관심을 두지 않았다. 엄마 말에 아빠는 많이 웃었다. 한마디만 해도 곧바로 껄껄 웃었다. 식사가 끝나면 내가 식탁을 치웠고, 다시 일하러 나가는 아빠에게 함께 인사했다. 엄마를 도와 설거지를 하고 난 뒤 우리는 한가한 오후를 보냈다.

열여섯 살 나이에 외할아버지와 대판 싸우고 도미니카의 집을 나와 앤티가로 올 때, 엄마는 로조*에서 거의 6실링을 주고 산 어마어마하게 큰 나무 트렁크 안에 가진 짐을 다 넣어왔다. 트렁크 바깥쪽을 노란색과 연두색으로 칠하고, 안쪽에는 크림색 바탕에 온통 분홍색 장미가 그

* 도미니카의 수도.

려진 벽지를 발랐다. 집을 나온 지 이틀 뒤 엄마는 앤티가로 향하는 배에 올랐다. 작은 배였다. 보통은 하루하고 반나절이면 닿지만, 배가 허리케인을 만나 닷새 가까이 바다를 표류했다. 앤티가에 겨우 도착했을 때 배는 거의 산산조각이 나 있었다. 승객 두세 사람과 짐의 일부가 배에서 떨어졌지만, 엄마와 엄마의 트렁크는 무사했다. 이십사 년이 지나 그 트렁크는 이제 내 침대 아래 있었다. 그 안에는 내가 태어난 이래 나의 것이었던 물건이 들어 있었다. 흰색 면으로 만든 배냇저고리가 있었다. 소맷자락과 목선과 아랫단에 물결무늬 장식을 덧대고 앞쪽에 흰색 꽃을 수놓은 옷으로 내가 태어나서 처음 입은 옷이었다. 엄마는 그옷을 직접 지었고, 한번은 함께 길을 가다가 그 옷을 저 나무 아래 앉아지었다며 나무 하나를 손가락으로 가리키기도 했다. 역시 엄마가 직접 감침질한 천기저귀 몇 개, 흰색 털실 양말 한 켤레와 그것과 짝을 이루는 상의와 모자가 있었다. 흰색 모직 담요와 흰색 플란넬 담요가 있었다. 레이스 장식이 달린 하얀 무지 린넨 모자, 세례받을 때 입었던 옷이 있었다. 젖병이 두 개 있었는데, 하나는 보통 젖병이고 다른 하나는 양쪽 끝에 젖꼭지가 붙은 배船 모양의 병이었다. 내가 칭얼댈 때 효과가있었다는 차를 담아두던 보온병도 있었다. 돌 때 입었던 옷이 있었는데, 앞쪽에 녹색 주름 장식이 달린 노란색 면 원피스였다. 두 돌 때 입었던 앞쪽에 녹색 주름 장식을 단 분홍색 면 원피스도 있었다. 그 분홍색 원피스를 입고 처음으로 귀고리를 차고, 체인 목걸이와 팔찌까지 차고 찍은 두 돌 사진도 있었다. 그 장식품은 모두 영국령 기아나의 금으로 만든 것이었다. 내 첫번째 신발도 있었는데, 걸음마를 떼고 나서는 작아서 더이상 신을 수가 없었다. 처음 학교에 들어갔을 때 입었던 원피스와 처음 사용했던 공책도 있었다. 내 요람에 깔았던 침대보와 내 첫번째 침대에 깔았던 침대보도 있었다. 할머니가 도미니카에서 보내주신 내 첫번째 밀짚모자와 꽃으로 장식된 밀짚바구니도 있었다. 내 성적표와 우등상장, 그리고 주일학교 우등상장도 있었다.

이따금 엄마는 집안의 어느 한 곳을 정해서 대청소를 하곤 했다. 내가 집에 있을 때 엄마가 대청소를 하면 난 여느 때처럼 엄마 옆에 붙어 있었다. 정리할 대상이 트렁크일 때면 뛸듯이 기뻤다. 엄마는 트렁크에 든 물건을 모조리 꺼내 거풍을 시키고 좀약을 새로 넣은 뒤 물건을 다시 트렁크 안에 차곡차곡 넣었는데, 하나씩 넣을 때마다 그걸 손에 들고 내 이야기를 들려주곤 했기 때문이다. 때로는 나도 기억하는 잘 아는 일이기도 했고, 때로는 내가 아주 어려서 일어난 까닭에 잘 모르는 일도 있었다. 내가 아예 태어나기 전의 일도 있었다. 하지만 무엇이 됐건 난 엄마가 무슨 말을 할지 미리 알았다. 이미 수없이 들었기 때문이지만, 그래도 전혀 질리지 않았다. 예를 들어 내가 태어나서 처음 입었던 배냇저고리의 꽃 자수가 똑바르지 않은데, 그것은 엄마가 자수를 놓을 때 내가 뱃속에서 하도 발길질을 해서 자꾸만 손이 흔들렸기 때문이라고 했다. 평소엔 발길질을 하다가도 엄마가 그만하라고 말하면 조용해졌는데, 그날은 내가 도무지 말을 듣지 않았다고 했다. 이 이야기를 들려줄 때마다 엄마는 미소를 띠고 이렇게 말했다. "그러니까 넌 그때부터 다루기 힘든 아이였어." 엄마가 내 얼굴을 실제로 보기도 전에 지금처럼 내게 말을 건넸다니 생각만 해도 기분이 좋았다. 엄마의 이야기는 계속 이어졌다. 내게 있었던 일이라면 아무리 소소한 일이라도 별것 아닌 게 없어 엄마는 모두 기억했고 내게 몇 번이고 들려주었다. 내가 바짝 붙어앉으면 엄마는 내가 내 또래의 아이와 놀다가 그애를 깨물었던 날 입었던 옷을 보여주곤 했다. '네가 잘 깨물고 다닐 때'라고 엄마가 말했다. 또는 화로 주변을 돌면서 춤추고 노래 부르기를 좋아하던 내게 화로 가까이에서 놀지 말라고 주의를 주었던 날이라든가. 엄마 말이 떨어지고 이 초 만에 나는 화로 쪽으로 넘어져 팔꿈치를 데었다. 상처가 심각하지 않은 걸 확인한 다음에야 엄마는 눈물을 쏟았다. 그리고 그 이야기를 내게 들려주면서 내 팔꿈치에 남은 거무죽죽한 작은 상처에 입을 맞추곤 했다.

엄마가 그런 이야기를 할 때면 난 엄마 옆에 붙어앉아 몸을 기대거나 무릎을 꿇고 엄마 등에 업히는 자세를 했다. 그러면서 이따금 엄마 목이나 귀 뒤쪽이나 머리에 코를 박고 냄새를 맡았다. 어떤 때는 레몬 향이 나고 어떤 때는 세이지 향이, 때로는 장미 향이, 또다른 때는 월계수 잎 향이 났다. 가끔은 엄마가 하는 말이 귀에 들어오지 않았다. 말하느라 열렸다 닫혔다 하는 엄마의 입을, 또는 웃는 엄마의 입을 그냥 바라보는 게 좋았다. 이렇게 나를 사랑해주는 사람, 이렇게 내가 사랑할 수 있는 사람이 없다면 정말 끔찍할 거야, 그런 생각을 했다. 예를 들어 아빠처럼. 아빠의 부모님은 아빠가 어렸을 때 마지막으로 입맞춤을 하고는 아빠를 할머니에게 맡기고 배를 타고 남아메리카로 가버렸다. 그 뒤로 편지도 쓰고 생일과 크리스마스에 옷 꾸러미를 부치는 등 선물도 보내주었지만 다시 만난 적은 없었다. 아빠의 할머니가 아빠를 돌보았고, 손주를 잘 먹이고 잘 입히기 위해 열심히 일했던 만큼 아빠는 할머니를 사랑하게 되었고 할머니도 아빠를 사랑했다. 처음부터 그 두 사람은 한 침대에서 잤고, 아빠가 청년이 되었을 때도 여전히 그랬다. 아빠가 더는 학교를 다니지 않고 일을 시작하자, 매일 밤 두 사람은 함께 저녁을 먹었고 그런 다음 아빠는 나가서 친구들과 어울렸다. 자정쯤엔 집으로 돌아와 할머니 곁에 쓰러져 잤다. 아침이 되면 할머니는 아빠보다 반시간 먼저 다섯시 반경에 일어나 아빠의 목욕물과 아침식사를 비롯하여 모든 채비를 다 해놓았다. 아빠는 정각 일곱시에 일을 하러 집을 나서야 했기 때문이다. 그런데 어느 날 할머니가 아빠를 깨우지 않아 아빠는 늦잠을 잤다. 잠에서 깼을 때, 할머니는 여전히 곁에 누워 있었다. 아빠는 할머니를 깨워보았지만 깨울 수가 없었다. 밤사이 할머니는 아빠 곁에 누워 숨을 거두었던 것이다. 슬픔으로 마음을 가누기 힘들었지만, 아빠는 할머니의 관을 짰고 장례식도 제대로 치러드렸다. 이후 다시는 그 침대에서 잠을 자지 않았고, 곧 그 집에서 나왔다. 그때 아빠 나이가 열여덟이었다.

아빠가 처음 이 이야기를 들려줬을 때, 난 이야기가 끝나자마자 아빠를 끌어안았고 우리는 서로 붙들고 울었다. 아빠는 조금 울었고 난 엉엉 울었다. 일요일 오후였다. 아빠와 엄마와 함께 식물원에 산책을 갔을 때였다. 엄마는 신기하게 생긴 엉겅퀴를 보려고 혼자 저쪽에 가 있었다. 아빠와 나는 엄마가 그 꽃을 자세히 보려고 몸을 숙이고 손을 뻗어 이파리를 만지는 모습을 바라보았다. 돌아온 엄마는 우리가 울고 있는 걸 보고 놀라 흥분하기 시작했는데, 곧바로 아빠가 사정을 알려주었다. 엄마는 웃으면서 우리더러 귀여운 바보들이라고 했다. 엄마는 날 안고 입을 맞추었고, 엄마가 배를 타고 멀리 떠나거나 죽어서 세상에 혼자 남겨지면 어쩌나 하는 걱정은 전혀 할 필요 없다고 말했다. 하지만 그뒤로도 망연한 표정으로 혼자 앉아 있는 아빠를 볼 때마다 내 가슴엔 연민이 가득 차올랐다. 아빠의 어머니는 아버지와 함께 배를 타고 멀리 가버려 다시는 보지 못했고, 그다음에는 곁에 누워 있던 할머니가 밤사이 돌아가셔서 아빠는 세상에서 완전 외톨이였다. 누구든 그런 일은 견딜 수 없을 것이다. 난 아빠를 무척 사랑했고 그래서 아빠에게 엄마를 만들어줄 수 있으면 얼마나 좋을까 싶었다. 물론 우리 엄마가 아빠를 무척 사랑하지만 그건 절대 같을 수 없으니까.

트렁크 정리를 다 끝내고 나면, 내가 그때 어떤 아이였는지, 이런저런 때에 누가 내게 어떤 말을 했는지, 이미 여러 번 들은 그런 이야기를 다 해주고 나면 엄마는 내 간식을 주었다. 코코아와 버터 바른 둥근 빵이었다. 그때쯤이면 아빠도 일터에서 돌아와 차를 마셨다. 엄마가 저녁 준비를 하고, 돌무더기 위 빨래와 빨랫줄에 넌 빨래를 걷으며 분주히 움직이는 동안 난 마당 한구석에 앉아 눈으로 엄마를 좇았다. 엄마는 한시도 가만히 있질 않았다. 튼튼한 다리로 마당 이쪽저쪽을, 집 안팎을 오갔다. 때로는 나를 불러 타임이나 바질이나 다른 허브를 따오라고 했다. 엄마는 작은 텃밭 한구석의 작은 화분들에 온갖 허브를 키웠기 때문이다. 허브를 따다주면 간혹 몸을 숙여 내 입에, 그다음엔 목에 입을 맞췄다. 나는 그런 낙원에서 살고 있었다.

열두 살이 되던 해 여름, 내 눈에도 난 많이 자라 있었다. 옷이 대부분 맞지 않았다. 원피스를 머리부터 넣어 입으면 허리선이 가슴께에 왔다. 다리는 젓가락처럼 더 길쭉해졌고 머리칼도 전보다 더 제멋대로였고 겨드랑이에도 털이 나기 시작했다. 그리고 땀을 흘리면 이상한 냄새가 났다. 마치 내가 이상한 동물이라도 된 것처럼. 난 그에 관해 입도 벙긋하지 않았고, 엄마와 아빠도 아무 말 하지 않는 걸로 보아 전혀 눈치채지 못한 것 같았다. 그때까지 엄마와 나는 같은 천으로 옷을 지어 입을 때가 많았다. 엄마의 옷은 목선이 둥근 모양이나 하트 모양으로 깊게 파이고, 치마도 주름을 잡거나 밑단으로 갈수록 넓어지는 어른스러운 스타일인 반면, 내 옷은 옷깃을 달아 목선이 올라가 있고 밑단도 많이 넣고, 당연히 뒤쪽에 리본이 달려 있는 식이었지만 말이다. 엄마와 함께 엄마 생일에 입을 새 원피스(아빠가 주로 하는 생일 선물이었다)를 만들 옷감을 사러 갔던 어느 날, 어떤 천 하나에 눈길이 갔다. 노란색 바탕에, 구식 옷을 입은 남자들이 피아노에 앉아 연주를 하고 그 주변에 음표들이 잔뜩 떠다니는 그림이 들어간 천이었다. 난 곧바로 이 천이 무척 마음에 든다고, 엄마랑 둘이서 이 천으로 옷을 지어 입으면 얼마나 멋지겠느냐고 했다. 그러자 엄마는 이렇게 대답했다. "아, 그건 안 돼. 이젠 그럴 나이가 아니잖니. 이제 너는 옷을 따로 입어야지. 평생 엄마 아가로 돌아다닐 순 없잖아." 그 말을 듣자마자 발아래 땅이 푹 꺼지는 느낌이었다고 해도 과장은 아닐 것이다. 그 말의 내용보다 엄마의 말투 때문에 그랬다. 웃음기라고는 없었다. 몸을 숙여 축축한 내 작은 이마에(갑자기 몸이 뜨거워졌다 차가워졌다 하면서, 모공이란 모공은 다 열린 듯 땀이 줄줄 흘렀기 때문이다) 입을 맞추지도 않았다. 결국 난 피아노 치는 남자가 그려진 천으로 옷을 지었고, 엄마는 흐드러진 빨간색과 노란색 히비스커스 무늬가 있는 옷을 지었다. 하지만 이후 그 옷을 입을 때나 엄마 옷을 볼 때마다 반감과 미움이 솟구쳤다. 딱히 엄마를 향한 것이라기보다 인생 전반을 향한 감정이었을 것이다.

그것만으로는 부족하다는 듯, 엄마는 내가 곧 꼬마 숙녀가 될 테니 이제 여러 면에서 달라져야 한다고 말했다. 도대체 뭘 봐서 내가 곧 숙녀가 될 참인지는 정확히 말해주지 않았는데, 사실 알고 싶지 않았으니 나로서는 다행이었다. 난 방문을 닫아건 뒤 발가벗고 거울 앞에 서서 머리끝부터 발끝까지 내 몸을 살펴보았다. 워낙 빼빼하고 길어서 거울의 길이와 맞먹었고, 앙상한 가슴에 가슴뼈가 튀어나와 있었다. 마구 뻗친 머리를 눌러서 얌전하게 만들어보려 했지만, 손을 떼자마자 머리칼은 다시 솟았다. 겨드랑이에 조금씩 나기 시작한 털이 보였다. 그다음 내 코를 자세히 살펴보았다. 코가 갑자기 얼굴 양옆으로 퍼져서는 뺨이 안 보일 정도로 얼굴 대부분을 차지하고 있었다. 저기 서 있는 애가 나라는 사실을 몰랐더라면 저 낯선 여자애가 누군지 의아했을 것이다. 게다가 얼마 전까지만 해도 내 코가 장미꽃 봉오리처럼 자그마하지 않았나. 하지만 어쩌겠는가? 아빠한테 죔쇠를 만들어달라고 엄마 통해 사정해볼까 하는 생각도 했다. 밤에 잠자리에 들 때 온몸에 죔쇠를 끼고 자면 분명 내 몸이 자라는 걸 막을 수 있겠다 싶었다. 그렇게 말해보려는 순간, 트렁크 속 물건을 함께 보자고 있는 애교를 다 부리며 엄마를 졸랐던 며칠 전 일이 떠올랐다. 정체를 알 수 없는 사람이, 정체를 알 수 없는 목소리로 이렇게 대답했다. "말도 안 되는 소리! 이제 너랑 나랑 그럴 시간 없어." 다시 한번 내 발아래에서 땅이 한꺼번에 쓸려나갔을까? 다시 한번, 사실이 그랬다 해도 과장은 아닐 것이다.

이 꼬마 숙녀 어쩌고 때문에, 내가 엄마 뒤를 졸졸 쫓아다니고 엄마는 내게 애정과 관심과 입맞춤을 듬뿍 안겨주며 함께 완벽한 화합을 이루었던 나날은 끝나고 대신 이젠 이런저런 것을 배우러 다녀야 했다. 나는 예의범절이라든가 명사들에게 인사하는 법 등에 능통하다는 누군가에게 보내졌다. 무릎을 살짝 구부려 절하는 연습을 할 때마다 난 입으로 방귀 소리 내고 싶은 충동을 누를 수 없었고 그러면 다른 여자아이들도 웃음을 터뜨렸으므로, 그 사람은 내게 더는 오지 말라고 했다. 피아노도 배우러 갔다. 영국 랭커셔 출신인 쭈글쭈글한 노처녀 선생님도 곧 내게 더는 오지 말라고 했다. 피아노 위에 순전히 장식용으로 놓은 자두 바구니에서 내가 자두를 자꾸 집어먹었기 때문이다. 앞선 경우에 난 엄마에게 거짓말을 했다. 예의범절 선생님이 내 예의범절이 이미 나무랄 데가 없으므로 앞으로 오지 않아도 된다셨다고 했다. 그 말에 엄마는 무척 기뻐했다. 두번째는 대충 넘어갈 수가 없었다. 엄마가 직접 알아보려고 했다. 피아노 선생님에게서 내가 무슨 짓을 했는지 듣자마자 엄마는 몸을 돌려 혼자 가버렸다. 만약 그때 누군가 나를 가리키며 엄마에게 쟤가 누구냐고 물었다면 엄마는 그 자리에서 바로 "모르겠는데요"라고 대답하지 않았을까 싶었다. 내게는 너무 낯선 일이었다. 엄마가 지긋지긋하다는 듯 내게 등을 돌리는 일. 이 일이 있기 전에도 난 대부분의 시간을 학교에서 보냈으므로 종일 엄마 곁에 붙어 있지 않았던 건 사실이다. 하지만 이 꼬마 숙녀 어쩌고 하는 일이 있기 전에는, 내가 앉아서 엄마 생각을 하거나 엄마가 이런저런 일을 하는 걸 볼 때마다 엄마 얼굴에는 늘 나를 향한 미소가 어려 있었다. 그런데 이제는 내가 못마땅해서 엄마의 입꼬리가 내려가는 게 자주 보였다. 게다가 엄마는 왜 그렇게 먼 훗날의 새로운 내 상황까지 굳이 끄집어냈을까? 언젠가는 나도 내 집을 갖게 될 테고, 그러면 지금 사는 이 집과는 다르게 꾸미고 싶을 거라는 말을 엄마가 얼마나 자주 했는지 모른다. 한번은 내게 침대보를 개어 넣는 방법을 알려주다가 가지런한 침대보를 톡톡 두드리며 이렇게 말했다. "물론 네 집이 생기면 넌 다른 식으로 하겠지." 난 내가 엄마와 떨어져 사는 날이 정말 올 거라고는 믿어본 적이 없었다. 터져나오려는 울음을 꾹꾹 눌러 참느라 목이 아팠다. 이따금 둘 다 새로운 생활방식을 잊고 은연중에 예전처럼 지내기도 했다. 하지만 그렇더라도 별로 오래가지 않았다.

이렇게 처음 겪는 일이 많은 와중이라 난 그해 9월에 새로운 학교에 들어갈 예정이라는 사실을 잊고 있었다. 학교 가기 전에 준비해야 할 것들이 있었다. 내 몸이 이제는 예전에 재둔 치수로는 어림도 없을 만큼 자라서 교복을 맞추러 재봉사에게 가야 했다. 신발과 학교 모자도 필요했고, 사야 할 책도 많았다. 새 학교에서는 수업마다 학습장이 따로 있어야 했다. 영어와 산수 같은 기본 과목 외에 라틴어와 프랑스어도 배워야 했고, 새로 지은 과학관에서 듣는 수업도 있었다. 나는 새 학교에 대한 기대에 부풀었다. 그곳에서 만날 사람들이 전부 다 모르는 사람이기를, 예전에 알던 사람은 하나도 없기를 바랐다. 그렇게 되면 새로운 인상을 줄 수 있을 테니까. 원래 모습과 다르게 꾸며도 아무도 그 차이를 모를 테니까.

처음 새 학교에 가는 월요일이 되기 하루 전 일요일에 엄마는 내가 침대 정리를 제대로 못한다며 화를 냈다. 엄마는 내 침대보 한가운데에 꽃잎이 가득 넘쳐흐르는 그릇과 그 양옆으로 앵무새 한 쌍을 수놓았다. 그런데 내 침대보 정중앙에 있어야 할 그림이 그러지 못했다. 엄마는 그것을 두고 야단했고, 난 엄마 말이 맞다고 생각하며 엄마를 기쁘게 해줄 그 사소한 일조차 제대로 못해 무척 유감스러웠다. 엄마는 내가 요즘 꼼꼼하질 못하다고 했고, 난 묵묵히 동의할 수밖에 없었다.

내가 교회에서 돌아온 후에도 엄마는 여전히 침대보 일로 화가 나 있는 듯했고, 그래서 난 웬만하면 엄마 근처에 얼쩡거리지 않았다. 오후 두시 반이 되어 주일학교에 갔다. 주일학교에서 성서공부반 우등상장을 받았다. 시험 결과는 몇 주 전부터 알고 있었지만 그날 상장을 받을 줄은 몰랐다. 나는 이 상장으로 엄마의 사랑을 되찾을 수 있을 거라고, 엄마가 다시 미소 지어줄 기회가 될 거라고 생각하며 상장을 손에 들고 한달음에 집으로 갔다.

집에 도착한 나는 마당으로 뛰어들어가며 엄마를 불렀지만 아무 대답이 없었다. 집안으로 들어가보았다. 처음에는 아무런 소리도 듣지 못했다. 그러다가 안방에서 무슨 소리가 들렸다. 엄마가 방안에 있나보다 했다. 문 앞까지 다가간 순간, 침대에 누운 엄마와 아빠를 보았다. 나는 두 사람이 뭘 하는지는 관심이 없었다. 오로지 엄마의 손이 아빠의 허리 위에 있고 그 손이 둥글게 움직이는 것에만 관심이 갔다. 그런데 그 손이라니! 마치 한참 전에 죽어 이미 자연의 원소로 돌아가버린 사람의 손처럼 뼈마디가 앙상하게 드러난 하얀 손이었다. 도무지 엄마 손 같지 않았지만, 또한 엄마 손일 수밖에 없었다. 내가 너무 잘 아는 손이었으니까. 손은 여전히 똑같은 원을 그리며 움직였고, 난 마치 앞으로 살면서 오로지 그것만을 보게 될 것처럼 거기서 눈을 떼지 못했다. 내가 이 세상의 모든 것을 잊어도 그때 그 손은 절대 잊지 못할 것이다. 또한 앞서 들은 소리가 엄마가 아빠의 귀와 입과 얼굴에 입맞추는 소리였음을 깨달았다. 얼마나 오래 두 사람을 쳐다보며 서 있었는지 나 스스로도 알지 못했다.

그리고 다시 엄마를 본 것은 저녁 식탁에서였다. 내가 식탁에 막 식기를 놓은 뒤였는데, 내가 집에 왔음을 알리려고 서랍 속 포크와 나이프를 아주 요란스럽게 꺼내 식탁에 놓았더랬다. 그렇게 식기를 놓고 나서 어느 것에도 시선을 두지 않고 내 의자 가까이에 서서 식탁 위로 몸을 숙인 채 엄마를 모른 척하려 했다. 엄마와 눈이 마주쳤는지는 기억나지 않지만 내 생각에 엄마는 침실 밖에 서 있는 나를 분명 보았을 테고, 엄마가 그 일을 끄집어내면 뭐라고 대답해야 할지 몰랐다. 하지만 엄마는 그 대신 짜증스러운 것도 같고 뭔가 다른 것도 같은 말투로 이렇게 말했다. "종일 그렇게 아무것도 안 하고 서 있기만 할 거니?" 그 다른 뭔가는 그때 처음 나타난 것이었다. 그전까지 엄마 목소리에서 한 번도 들어본 적이 없는. 그게 정확히 무엇인지는 나도 알 수 없었지만, 그것 때문에 이런 대답이 나왔다. "그러면 어쩔 건데?" 그러면서 엄마의 눈을 똑바로 쳐다보았다. 그 말이 엄마에게는 충격이었을 것이다. 난 그때까지 한 번도 엄마에게 말대답을 한 적이 없었다. 엄마는 나를 바라보았고, 내 버릇을 고쳐놓으려 쥐어박듯 말을 하는 대신 눈을 내리깔고는 자리를 떴다. 엄마의 뒷모습이 왜소하고 우스꽝스러웠다. 양팔을 양쪽에 축 내려뜨리고 걸었다. 나는 두 번 다시 그 손이 내 몸을 만지지 못하게 하리라는 것을 알았다. 내게 입맞춤도 못하게 하리라는 것도 확실했다. 이제 다 끝이었다.

무슨 음식을 먹든 엄마와 나 사이에 있었던 일이 떠올랐는데, 그래도 여전히 먹을 수 있다는 사실이 놀라웠다. 아주 오래전에, 내가 소고기는 너무 씹기 힘들다고 불평을 하며 먹지 않으려 하자 엄마는 고기를 먼저 씹어 내게 먹였다. 당근을 얼마나 싫어했는지 보기만 해도 자지러지게 울어대던 시절에는 내 입맛에 맞게 당근을 요리할 온갖 방식을 궁리했다. 그것도 이제 다 끝이었다. 앞으로는 그런 일을 애틋한 마음으로 떠올릴 수 있을 것 같지 않았다. 난 부모님을 바라보았다. 아빠는 여전했다. 늘 그랬듯이 아래위 의치로, 시장에 끌려나가는 말처럼 터덕터덕 음식을 씹었다. 우리를 즐겁게 해주려고 젊은 시절에 어느 섬에서 크리켓을 했던 이야기를 하는 중이었다. 엄마가 웃음을 그치지 못하는 걸 보니 정말 재미난 이야기였음에 틀림없다. 난 전혀 즐겁지 않다는 걸 아빠는 눈치채지 못하는 모양이었다.

밥을 먹고 아빠와 나는 평소처럼 일요일 오후 산책을 나갔다. 엄마는 따라오지 않았다. 무슨 할일이 있어서 집에 남았는지는 모른다. 산책을 하다가 아빠가 내 손을 잡으려고 해서 아빠에게서 한 걸음 떨어졌다. 내가 이제 그렇게 손잡고 다닐 나이가 아니라는 생각이 아빠에게 들도록.

다음날인 월요일에 새 학교에 갔다. 내가 들어간 반의 아이들은 지금까지 한 번도 본 적 없는 여자아이들이었다. 하지만 나는 제일 어린데도 아주 똑똑하다는 말을 들어와서, 그런 내 소문을 들은 아이들도 몇 있었다. 앨버틴이라는 애와 궤네스라는 애가 내 마음에 들었다. 그날 수업이 끝났을 때 그웬과 난 서로 죽고 못 사는 사이가 되어 팔짱을 끼고 집으로 걸어갔다.

내가 집에 도착하자 엄마는 평소처럼 내게 입을 맞추고 이런저런 질문을 했다. 나는 그날 일을 들려주었는데, 당연히 그웬과 그애를 향한 나의 강렬한 감정은 쏙 빼놓고 일부러 듣기 좋은 이야기만 자세하게 했다.

3장
그웬

첫날엔 새 학교에 혼자 걸어갔는데, 그런 일은 그때가 처음이자 마지막이었다. 내 주변은 교복을 입고 학교로 열을 지어 걸어가는 내 또래―열두 살―의 남자아이, 여자아이로 가득했다. 다들 아는 사이인지, 만나면 웃음을 터뜨리고 서로 어깨나 등을 치고, 무척이나 즐거울 이런저런 이야기를 나누었다. 나와 똑같은 교복을 입은 여자아이들이 몇 눈에 띄어서 내게 아무 말이라도 건네주었으면 하고 열렬히 바랐지만, 그들은 팔짱을 끼고 걸어오며 나를 향해 미소를 보이거나 고개를 끄덕이는 게 다였다. 내게 관심을 보이지 않는다고 그들을 탓할 수는 없었다. 어디를 보나 내 모습은 다 새것투성이였다. 교복도 새것, 신발도 새것, 모자도 새것에, 새 책이 잔뜩 든 새 가방의 무게로 어깨가 아팠다. 내가 걷는 그 길마저 내겐 새 길이어서, 땅이 단단하지 않을까봐

불안해하는 걸음걸이였을 것이 틀림없다. 학교 운동장에 들어서니 아주 자신있게 걷는 여학생들이 더욱 많았다. 내가 바라보는 사이 그들은 바다가 되었다. 다들 화단 사이를 들락거리고 운동장을 가로지르고, 안뜰을 가로지르고, 교실을 드나들었다. 나만 빼고 다들 무엇에나 익숙하고 서로 잘 아는 듯했다. 서로에게 건네는 인사를 들으면, 그 아이들이 전부 한날한시 한배에서 태어난 게 아닌가 싶었다. 그들을 바라보다보니, 아침에 엄마랑 싸우기 싫어서 차려놓은 아침을 다 먹고 나온 게 문득 다행스러웠다. 지금보다 약간이라도 기운이 없었다면 분명 실신했을 것이기 때문이다.

전주에 엄마와 함께 학교에 와본 터라 교실 위치는 다 알았다. 그날 선생님 몇 분을 만나보았고, 여기저기 둘러보며 설명을 들었다. 그때는 교실마다 텅 비어 있었고, 잘 정돈된 말끔한 모습에 막 바닥 청소를 끝낸 냄새가 풍겼다. 지금 교실에서는 서성이는 여자아이들 냄새, 잉크병의 잉크 냄새와 새 책 냄새, 백묵과 지우개 냄새가 났다. 교실 안 급우들은 서로 더욱 친밀해 보였다. 분명 겉모습만으론 도저히 구분하지 못했을 것이고, 목소리도 도저히 구분하지 못했을 것이다.

여덟시 반에 학교 종이 울리자 우리는 정해진 대로 짝을 이루어 아침기도와 찬송을 하러 강당으로 줄지어 들어갔다. 교장 선생님이 짧게 말씀을 했다. 신입생과 재학생을 모두 환영한다고 하면서, 다들 나쁜 행동거지는 고쳤기를 바란다고, 서로에게 좋은 모범이 되어 지금까지 이 학교를 다닌 어떤 졸업생보다 더 학교의 명예를 드높이길 바란다고 했다. 내 손바닥이 땀으로 축축해지고 내가 딛고 선 바닥이 여러 번 시소처럼 흔들렸지만, 그러는 중에도 몇 가지를 알아챘다. 예를 들어 교

장 선생님인 무어 선생님. 영국에서 앤티가로 온 분임을 바로 알아볼
수 있었다. 병에서 꺼내놓은 지 오래된 자두처럼 생긴데다 올빼미 목소
리를 빌린 것 같았기 때문이다. '자, 여러분······' 하는 말투도 그렇고.
가만히 서서 주변에서 벌어지는 여러 움직임에 귀를 기울이고, 뭔가 잘
못된 일이 없나 회색빛 눈으로 좌중을 훑을 때, 막 잡은 생선이 목에 걸
리기라도 한 것처럼 목울대가 오르락내리락했다. 혹시 선생님 몸에서
도 생선냄새가 나려나 싶었다. 예전에 엄마는 내가 몸을 잘 씻지 않으
면 한참 호되게 꾸중하고는, 그것이 엄마가 영국 사람들에게서 유일하
게 싫어하는 점이라고 말을 맺었다. 자주 씻지 않는데다 씻어도 제대로
씻지 않는다는 점 말이다. "생선 뱃속에 갇혀 있던 것처럼 얼마나 지독
한 냄새가 나는지 알아?" 엄마는 그렇게 말했다. 무어 선생님 양편으로
다른 남녀 선생님들이 서 있었다. 대부분 여선생님이었다. 난 음악 선
생님인 조지 선생님과 담임인 넬슨 선생님, 역사와 지리를 가르치는 에
드워드 선생님과 대수와 기하를 가르치는 뉴게이트 선생님을 알아볼
수 있었다. 엄마와 학교를 찾았을 때 만난 선생님들이었다. 다른 사람
들이 누군지는 아직 몰랐지만 걱정할 일은 아니었다. 어차피 다 선생님
들이라 조만간 무슨 오해가 생겨서든 내게 골칫덩어리가 될 것이 분명
했으니까.
　우리는 강당에 왔을 때와 마찬가지로 질서 있게 다시 교실로 돌아갔
다. 몇 마디 속삭이며 주고받는 것 말고는 조용히 걸었다. 하지만 교실
에 들어가기가 무섭게 아이들은 서로의 무릎에 올라앉고 목을 감싸안
았다. 나는 어깨 너머로 좌우를 몰래 살핀 뒤, 앞으로 내가 어떻게 될지
궁금해하는 마음으로 자리에 앉았다. 반에는 스무 명의 학생이 있었고

책상은 다섯 개씩 네 줄로 놓여 있었다. 내 자리는 세번째 줄이었고, 그 래서 더 비참해졌다. 나는 선생님한테서 떨어져 앉는 것이 정말 싫었 다. 분명 놓치는 말이 있을 거라고 생각했다. 더구나 선생님 눈에 띄지 도 않는 그런 자리에 내내 앉아 있으면, 내가 얼마나 열심히 공부하고 빠르게 익히는지를 선생님이 어떻게 알 수 있단 말인가? 또한 대개 지 진아들이나 교실 뒤쪽에 앉는 법이니, 지진아로 여겨지는 건 참을 수가 없었다. 나는 맨 앞줄에 앉은, 머리칼이 덥수룩한 여자아이의 등을 쏘 아보았다. 선생님 책상 바로 앞이라 가장 탐이 나는 자리였다. 바로 그 순간 그 여자아이가 등을 돌려 나를 뚫어지게 보더니 이렇게 말했다. "네가 애니 존이야? 너 엄청 똑똑하다며?" 그 순간 넬슨 선생님이 교실 로 들어와서 참 다행이었다. "그럼, 들은 대로야." 이런 말이 막 튀어나 올 참이었는데, 실제 그런 말을 했더라면 남들 보기에 어땠겠나?

넬슨 선생님이 들어오자마자 우리는 모두 제자리로 돌아가 똑바로 섰다. "안녕, 여러분." 선생님이 그렇게 말했는데, 한편으로는 학생을 대 하는 적절한 방식이라고 어디선가 들은 것이 틀림없을 말투고, 다른 한 편으로는 우리를 보며 혼자 재미있어하는 익살스러운 말투였다. "안녕 하세요, 선생님." 우리는 공손하게 입을 모아 그렇게 말하는 동시에 몸 을 아주 살짝 숙여 절을 했다. 선생님은 자리에 앉아 이렇게 말했다. "다들 앉아." 우리는 자리에 앉았다. 선생님이 출석부를 꺼냈다. 선생님 이 이름을 부르면 우리는 한 명씩 "네, 선생님"이라고 대답했다. 선생님 은 고개를 숙인 채 순서대로 이름을 불렀는데, 내 차례에서 내가 마찬 가지로 대답하자 고개를 들고 미소를 지으며 "환영한다, 애니"라고 말 했다. 그러자 당연히 다들 몸을 돌려 나를 보았다. 내 생각으로는 아무래도 내 가슴이 쿵쾅대는 소리가 요란스러워서 그런 것 같았다.

오늘은 개학 첫날이므로 정식 수업은 하지 않을 거라고 넬슨 선생님이 말했다. 대신 오전에는 사색과 명상의 시간을 갖고 '자전적 수필'이라는 것을 쓸 거라고 했다. 오후에는 각자가 쓴 자전적 수필을 발표하는 시간을 가질 거라고 했다. (난 '자전적 글'이 뭔지, '수필'이 뭔지는 잘 알았지만, 사색과 명상이라니! 학교에서 이런 식으로 시간을 보내다니! 물론 훌륭한 사람들은 다들 행동하기 전에 항상 사색과 명상을 한다고 여러 책에 쓰여 있긴 했다. 어쩌면 선생님은 상상 속에서 우리의 미래를 볼 수 있고, 예측이야 어떠했든 종국에는 우리 모두 훌륭한 사람이 될지도 몰랐다.) 선생님의 말에 아이들이 크게 한숨을 내쉬었다. 반은 아무것도 안 하고 허공만 보며 앉아 있을 일이 좋아서였고, 나머지 반은 장난을 칠 수 없어 아쉬워하는 한숨이었다. 난 행복해하는 축이었다. 선생님을 기쁘게 할 일임을 알았기 때문이다. 내 이기적 이해관계는 차치하고라도, 고데기로 매만진 선생님 머리와 선생님이 입은 긴팔 블라우스와 겹주름 치마가 너무 마음에 들어 선생님을 기쁘게 해주고 싶었다.

오전 시간은 평탄하게 흘러갔다. 한 아이가 교복에 잉크병을 엎었고, 또 한 여자아이는 펜촉을 부러뜨리고는 새로 갈아끼우느라 법석을 떨었다. 아이들은 자리에서 몸을 꼬아대고 서로 엉덩이를 꼬집었다. 쪽지도 오갔다. 넬슨 선생님은 이 모든 일을 다 보고 들을 수 있었겠지만 아무 말도 하지 않았다. 그저 내내 책만 읽었다. 나중에 선생님 책상 옆을 지나가다 보니까 세련된 삽화가 들어간 『템페스트』였다. 오전 시간이 반 정도 흘렀을 때 선생님은 밖에 나가서 몇 분간 기지개도 펴고 바깥

공기도 좀 쐬라고 했다. 교실로 돌아와서 우리는 간식으로 레모네이드와 둥근 빵 한 쪽을 먹었다.

태양이 하늘 꼭대기에 이르자마자 우린 점심을 먹으러 집으로 갔다. 그날 아침 학교로 걸어가던 시간과 점심 먹으러 집으로 가던 시간 사이에 지구가 1, 2인치는 더 커진 듯했다. 몇몇 아이들이 자기들 무리에 내가 들어갈 작은 자리를 마련해주었기 때문이다. 하지만 나는 그들에게 큰 관심을 쏟을 수 없었다. 내 생각은 온통 새로운 환경과 새로운 선생님, 그리고 얼룩덜룩한 흑백 겉표지에 말끔하게 줄이 그어진 멋진 새 공책에 내가 적은 글에 쏠려 있었기 때문이다. (예전 공책을 없앤 게 얼마나 다행인지 몰랐다. 그 겉표지에는 머리에 왕관을 쓰고 다이아몬드와 진주를 목과 손목에 칭칭 두른 쭈글쭈글한 할머니 그림이 있었고, 옥수숫가루로 만들었나 싶게 종이도 거칠었다.) 난 날듯이 집으로 갔다. 점심도 먹었을 것이다. 그러곤 다시 날듯이 학교로 갔다. 한시 반에 우리는 자전적 수필을 손에 들고 운동장 외딴 구석에 서 있는 봉황목 아래 모여 앉았다. 오전에 사색과 명상을 하며 쓴 것을 발표하는 시간이었다.

넬슨 선생님이 부르면 한 사람씩 일어나 자기가 쓴 글을 읽었다. 한 아이는 지금 영국에 사는 숙모를 무척 존경하고 사랑한다면서, 언젠가 영국에 가서 숙모와 함께 살기를 고대한다고 썼다. 다른 아이는 지금 캐나다에서 의학 공부를 하는 오빠가 어떻게 살고 있을지 상상하는 글을 썼다. (내가 듣기에는 참 이상한 생활이었다.) 또다른 아이는 자기가 죽는 꿈을 꿨을 때 얼마나 겁이 났는지, 그리고 꿈에서 깨어보니 죽지 않아서 또 얼마나 겁이 났는지 얘기했다. (이 말에 다들 얼마나 큰 소리로 웃어댔는지 넬슨 선생님이 몇 번이고 조용히 시켜야 했다.) 또다른 아이는 자기 큰언니의 친한 친구의 사촌의 친한 친구(엄청 복잡했다)가 트리니다드에서 열린 걸가이드 잼버리에 참가했을 때 만난 사람 이야기를 들려주었는데, 그 사람은 까마득한 옛날에 레이디 베이든파월*과 함께 차를 마셨다고 했다. 또다른 아이는 아버지와 함께 레돈다섬에 소풍을 가서 새끼를 돌보는 부비새를 본 일을 들려주었다. 그렇게 다들 상상력을 발휘하여 쓴 장난스러운 글이 이어졌다. 난 내가 쓴 글이 어떻게 받아들여질지 궁금해지기 시작했다. 내 글은 상상력을 동원한 장난스러운 글과는 정반대였기 때문이다. 내가 쓴 글은 진심어린 글이었고, 맨 마지막을 제외하면 다 사실이었다. 오후가 저물고 있었다. 과연 내 차례가 오기나 할까? 처음 보는 아이들의 세계 속에, 그것도 나는 중심의 근처에도 가지 못하는 세계에 들어왔으니 뭘 어떻게 해야 할까?

넬슨 선생님이 내 이름을 부르는 걸 한동안 깨닫지 못했다. 마침내 내가 쓴 글을 발표할 차례가 된 것이다. 난 자리에서 일어나 글을 읽기 시작했다. 처음에는 목소리가 좀 떨렸지만, 내 목소리는 늘 나를 진정시키는 효과가 있었다. 그래서 곧 새들이 지저귀는 소리와 꽃을 찾는 벌의 윙윙 소리와 나무 이파리를 은빛으로 뒤척이는 바람소리와 함께, 오르락내리락 문장을 이어나가는 내 목소리만이 사위에 가득해졌다. 다 읽고 났을 때 내 눈에 들어온, 감탄한 표정으로 나를 올려다보는 얼굴들이 내 상상이려니 했는데, 상상이 아니었다. 그 가운데 눈물이 그렁한 눈이 보인 것도 내 상상이려니 했는데, 역시 아니었다. 넬슨 선생

---

* 스카우트와 걸가이드를 창시한 베이든파월의 부인.

님은 내가 쓴 글을 빌려가서 읽고 싶다고 했다. 그리고 원하는 사람은 누구든 읽을 수 있도록 학급문고의 다른 책들과 함께 책장에 놓아두겠다고 했다. 내가 쓴 글은 이러했다.

"내가 아주 어렸을 때 엄마와 나는 일요일에 예배를 마친 후 해수욕을 하러 랫섬에 내려가곤 했다. 그때 난 신장이 별로 안 좋았는데, 해수욕을 하면 신장이 튼튼해진다고 했다. 랫섬은 원래 사람들이 많이 찾는 곳도 아니었지만, 엄마는 바위를 여러 개 타고 내려가 누구도 발 들인 적 없을 법한 장소를 찾아냈다. 치료를 위해 바닷물에 들어가는 거지 놀러 나온 것이 아니라서 우리는 수영복을 입지 않고 들어갔다. 엄마는 정말 수영을 잘했다. 바닷물에 들어가면 마치 늘 바닷속에 살던 존재 같았다. 안전해 보이면 엄마는 멀리까지 헤엄쳐 나갔다. 파도치는 모습만 보고도 안전한지 아닌지를 알았다. 가까이에 상어가 있는지 없는지도 알았고 해파리에 쏘이는 법도 없었다. 반면에 나는 전혀 헤엄을 칠 줄 몰랐다. 사실은 물이 무릎 높이에만 이르러도 빠져 죽을 것 같았다. 엄마는 내게 수영을 가르치려고 살살 구슬리는 것부터 말도 없이 물에 던져넣는 것까지 별별 수를 다 썼지만 소용없었다. 난 오직 엄마 등에 업혀서만 물에 들어갈 수 있었다. 팔로 엄마 목을 꽉 끌어안으면 엄마는 해안가에서 멀지 않은 곳을 헤엄쳐 다녔다. 그럴 때에만 나는 바다가 얼마나 광활한지, 물속은 얼마나 깊을지, 정답게 건네는 인사를 이해하지 못하는 존재가 바닷속에 얼마나 가득한지를 다 잊을 수 있었다. 이렇게 헤엄치며 돌아다닐 때면, 발가벗은 엄마와 나의 모습이 내가 사진에서 본 바닷속 포유류의 모습과 무척 닮았다는 생각이 들곤 했다. 때로 엄마는 내가 아직 이해할 수 없던 프랑스 방언으로 노래를 불러주었고, 또 어떤 때는 아무 말이 없었다. 엄마 목에 귀를 대면 꼭 거대한 조개를 귀에 댄 것 같았다. 조개 안에서 바닷소리가 들리듯이 주변에 가득한 소리—바다와 바람과 꽥꽥 우는 새소리—가 마치 엄마 안에서 울려나오는 것 같았다. 얼마 있다가 엄마는 나를 다시 해변으로 데리고 갔고, 그러면 난 큰 파도가 밀려와도 미치지 않을 곳에 누워 엄마가 다이빙을 하고 헤엄을 치는 걸 지켜보았다.

어느 날 그렇게 다이빙을 하고 헤엄을 치는 엄마를 지켜보는데 저멀리 바다가 소란스러웠다. 배 세 척이 지나가고 있었고, 배마다 사람들이 가득했다. 뱃고동이 울리면 사람들이 그에 화답해 환호를 지르는 걸 보니 뭔가를 축하하는 게 틀림없었다. 배가 시야에서 사라진 후 난 다시 엄마가 있던 쪽으로 시선을 돌렸는데 엄마가 보이지 않았다. 엄마가 있을 만한 구석구석을 다 눈으로 훑어도 찾을 수가 없었다. 일어나서 큰 소리로 엄마를 부르기 시작했지만, 소리가 목에 걸려 나오질 않았다. 그 순간 내 앞에 거대하고 시커먼 공간이 열리면서 난 그 속으로 떨어졌다. 눈앞에 아무것도 보이지 않았고 주변의 소리도 들리지 않았다. 엄마가 내 곁에 없다는 사실 외에 아무 생각도 떠오르지 않았다. 이런 상태로 얼마나 시간이 흘렀는지 모르겠다. 문득 저편에서 정체를 알 수 없는 어떤 물체가 내 시선을 끌었다. 주로 헤엄을 치던 구역에서 약간 벗어난 지점에 엄마가 있었다. 커다란 바위에 앉아 바위의 무늬를 눈으로 좇고 있었다. 내가 엄마가 없어진 줄 알고 찾았다는 사실을 모르는 엄마는 나에게 신경을 쓰고 있지 않았다. 엄마를 다시 찾아 너무 기뻤던 나는 제자리에서 방방 뛰며 손을 흔들었다. 그래도 엄마는 내 쪽을 보지 않았고 난 울음을 터뜨렸다. 우리 사이에 이렇게 너른 바다가 있고 난 헤엄을 칠 줄 모르니 엄마는 저쪽에서 영원히 돌아오지 않을 수도 있었고, 내가 엄마의 목에 다시 팔을 두를 수 있으려면 엄마가 원하거나 내가 보트를 타야 할 거라는 생각이 들기 시작했기 때문이다. 나는 진이 빠지도록 울고 또 울었다. 눈물이 볼을 타고 입속으로 흘러들었고, 눈물에서 씁쓸하고 짠맛이 난다는 것을 그때 처음 알았다. 드디어 엄마가 해안가로 돌아왔다. 당연히 엄마는 내 얼굴을 보고 깜짝 놀랐다. 눈물이 그대로 말라 얼굴이 얼룩투성이였기 때문이다. 내가 자초지종을 말하자 엄마는 숨이 막히도록 날 꼭 끌어안고는, 그건 전혀 사실이 아니라고, 엄마는 절대 내 곁을 떠나지 않을 거라고 말했다. 엄마가 몇 번이고 그 말을 되풀이했고 그래서 내 기분도 나아졌지만, 엄마를 찾을 수 없었던 그때 나를 휘감았던 그 기분을 완전히 떨쳐낼 수가 없었다.

그 여름이 지나자마자 난 엄마가 바위 위에 앉아 있는 꿈을 꾸기 시작했다. 그 꿈을 거듭 꾸었다. 현실과 다른 점이라면 꿈속에서는 엄마가 돌아오지 않았고 때로는 아빠가 엄마와 함께였다는 점뿐이었다. 아빠가 있을 때면 둘은 함께 바위에 앉아 바위 무늬를 살펴보았다. 내내 서로를 보며 깔깔 웃는 걸 보니 무척 재미있는 모양이었다. 난 처음에는 꿈에 대해 말을 꺼내지 않았다. 하지만 그 꿈이 반복되다보니 결국 엄마에게 말했다. 이야기를 듣자마자 엄마는 괴로워했다. 눈에 눈물이 고이더니 나를 끌어안았고, 그날 바닷가에서 했던 말을 그대로 다시 들려주었다. 그러자 엄마를 다시는 못 볼 것 같았던 그 암울한 시간의 기억이 더이상 나를 괴롭히지 않았다."

마지막 부분이 딱히 거짓은 아니었다. 예전이라면 틀림없이 그랬을 테니까. 사실을 말하자면, 작년에 난 꼬마 숙녀의 길에 들어섰고, 그래서 엄마에게 그 꿈—사실은 악몽—이야기를 들려줬을 때 엄마는 그저 등을 돌리면서 잠자리에 들기 전에 익지도 않은 특정 과일을 먹어선 안 된다고 했을 뿐이었다. 급우들에게 사실이 아닌 예전에 일어났을 법한 일을 들려준 까닭은, 잘 알지도 못하는 사람들 앞에 엄마를 차마 안 좋게 내보일 수는 없다는 생각에서였다. 하지만 진심을 말하자면 엄마가 나를 무척 탐탁지 않게 여긴다는 사실을 누구에게도 알리고 싶지 않아서 그랬다.

다시 교실로 들어가면서 난 땅에 발붙이고 선 아이들과 달리 공중에 떠 있는 것만 같았다. 아이들은 서로 몸을 밀치며 내게 칭찬과 축하의 말을 전하려 했다. 공기를 잔뜩 넣은 풍선처럼 내 머리가 크게 불어나고 무게도 그렇게 가벼워진 것처럼 정신이 어질어질하니 이상했다. 엄마는 내가 한 일을 지나치게 자만하지 말라고 했다가 금방 내가 한 일에 왜 그렇게 자부심이 없느냐고 할 때가 잦았다. 지금 내가 그런 식으로 오락가락했다. 머리를 땅에 조아리다시피 겸손했다가 다시 고개를 높이 쳐들었다가 하는 식으로. 내 주위를 둘러싼 아이들을 보자 가슴속에 막 솟아난 사랑이 가득 들어찼다. 그때 그 자리에서는, 평생을 함께하고 싶은 마음까지 들었다.

교실이 가까워졌을 때 누군가 내 팔을 꼬집었다. 애정을 담아 꼬집은 거였다. 앞서 네 이름이 애니 존이냐고 물었던 아이였다. 그 아이가 자기 이름은 궤네스 조지프라면서, 튜닉 주머니에 손을 집어넣더니 작은 돌을 꺼내 내게 주었다. 휴화산 기슭에서 발견한 돌이라고 했다. 돌은 검은색이었고, 산전수전 다 겪은 것처럼 표면이 거칠었다. 난 무슨 냄새가 나나 바로 코에 대어보았다. 라벤더 향이 났다. 퀘네스 조지프가 그 돌을 라벤더 향을 뿌린 손수건에 싸놓았기 때문이다. 우리가 서로 사랑에 빠진 것이 그 순간이었을 것이다. 후일 우리는 우리가 언제 사랑에 빠졌는지에 대해 결코 합의를 보지 못했다. 그날 오후 퀘네스는 집으로 가는 길을 멀찍이 돌아 나와 함께 걸어갔다. 우리는 좋아하고 싫어하는 것을 번갈아 댔는데, 얼마나 비슷한지 입이 떡 벌어지고 눈은 동그래졌다. 우리는 다른 아이들에게서 떨어져나왔고, 아이들은 상황을 다 이해하고 우리를 내버려두었다. 우리는 타마린드 관목숲을 가로지르고 벚나무숲을 가로질러, 집집마다 앞쪽으로 생나무 울타리를 공들여 가꿔놔 건물 위쪽만 보이는 거리를 따라 걸었다. 우리집 근처까지 와서도 헤어지기가 정말 싫었다. "내일 보자." 우리는 그렇게 말하며 서로를 다독였다.

그웬과 나는 곧 떨어질 수 없는 사이가 되었다. 한쪽이 있으면 늘 다른 쪽도 함께였다. 함께 학교에 가려고 나를 데리러 올 그웬을 기다리면서 나의 하루가 시작되었다. 앞마당에서 기다리고 선 내 눈에 길모퉁이를 도는 그웬의 모습이 들어오면 내 가슴이 콩닥콩닥 뛰었다. 일찌감치 높이 뜬 해가 그웬을 내리쬐면, 문득 온 거리에서 다른 모든 것들이 사라지며 마치 그림 속 인물처럼 그웬과 그애의 모든 면모가 완벽해졌다. 그웬은 워낙 머리가 작아서 맞는 모자를 도통 찾을 수 없었기 때문에, 감청색과 금색이 어우러진—우리 학교를 상징하는 색깔이었다—공단 리본이 달린 파나마모자를 비뚜름하게 머리에 얹어 턱 아래로 고무 끈을 매 고정시킬 수밖에 없었다. 교복 튜닉의 주름은 응당 그래야 하는 방식으로 잘 잡혀 있었다. 면양말이 깔끔하게 발목을 감싸고

막 광을 낸 신발은 반들반들했다. 산들바람이라도 살짝 불면 짧고 덥수룩한 머리에 묶은 리본과 튜닉 밑단이 펄럭거렸다. 그렇게 튜닉 밑단이 펄럭이면 무릎이 보였다. 그웬의 무릎은 앙상했고, 마치 조금 전까지 열심히 긁어대거나 무릎 꿇고 기도라도 한 것처럼 늘 칙칙한 색이었다. 바람에 모자챙이 뒤집히기도 했는데, 그러면 평소에는 늘 고개를 숙이고 다녀 볼 수 없던 얼굴이 보이기도 했다. 약간 납작하고 자그마한 코, 정확히 반으로 쪼갠 접시 모양의 입술, 크고 높은 광대뼈, 머리 쪽으로 납작하게 붙은 귀. 우리가 마주한, 도대체 이해할 수 없는 여러 일들을 속으로 궁리해보듯이 그애는 늘 진지한 얼굴이었다. (언젠가 그 얼굴이 그래 보였다고 말했을 때 그웬은 자기는 정말로 그저 내 생각을 했을 뿐이라고 했지만 말이다. 진심인지 확인할 셈으로 그 아이를 쳐다보지는 않았지만 작고 빨간 종기가 온몸을 뒤덮은 느낌이었고, 곧 행복감으로 가슴이 터질 듯했다.) 가까이 다가와서야 그웬은 고개를 들었고, 우리는 미소를 지으며 나직이 '안녕'이라고 인사했다. 우리는 발걸음을 맞추어 나란히 학교로 걸어갔는데, 서로 몸이 닿지는 않았지만 어깨와 골반과 발목이 서로 붙어 있는 느낌이었다. 마음이 그랬던 건 말할 것도 없고.

걸어가면서 우리는 각자 가장 은밀한 비밀이라 할 것들을 서로에게 들려주었다. 어쩌다 엿들은 부모님의 대화라든지 전날 무슨 꿈을 꾸었다든지 정말 무서워하는 것이 무언지 같은. 하지만 주로 서로를 향한 애정을 털어놓았다. 대화중에 자연스럽게 일상적인 일을 언급할 때를 제외하고는, 난 엄마를 향한 내 감정이 변했다는 말은 절대 꺼내지 않았다. 그웬이 나를 얼마나 떠받드는지 나 스스로도 알았으므로, 내가 한때는 그 중요한 무언가를 지니고 있다가 그다음 아무런 이유 없이 잃고 말았다는 사실을 그애가 알게 되는 것을 참을 수 없었다. 학교에 도착해 보면, 친구들은 서로의 교복을 보며 주름이 잘 잡혔다든지 교과서 정리가 잘 되어 있다든지 넬슨 선생님의 요즘 헤어스타일이 마음에 든다든지 그런 사소한 이야기를 얼마나 잘난 척을 하며 주고받는지 몰랐다. 그웬이나 나와 비슷한 경험을 가진 아이들은 몇 안 되었으므로, 우리는 그런 친구들의 대화를 들으면 마주보고 눈을 치켜뜨며 양손을 쳐들었다. 우리는 그렇게 수준 떨어지는 이야기는 안 한다는 뜻이었다. 그 몸짓은 당연히 우리 엄마들을 그대로 따라한 거였다.

이제 나의 학교생활은 첫날과는 정반대였다. 처음에 난 거의 아무도 눈길을 주지 않는 무시당하는 존재였지만, 이제는 다들 나와 경쟁적으로 친해지려고, 약간이라도 아는 사이가 되려고 난리였다. 내가 배우는 게 얼마나 빠른지는 선생님도 알았고 급우들도 알았다. 나는 곧 선생님이 안 계실 때 학급을 감독하는 임무를 맡게 되었다. 처음에는 그 일이 좀 불편했지만 곧 익숙해졌다. 난 대부분의 일을 그냥 넘어갔다. 결국 웃고 끝나거나 뭉클한 결말에 이르는 경우 특히 그랬다. 난 우유부단하게 꾸물거리는 법이 없었다. 내 앞에 놓인 일은 즉시 마음을 정했다. 어떤 때는 어떤 아이의 모습에서 연약했던 예전의 내가 떠올라 그 아이를 옹호했다. 또다른 때는 연약했던 예전의 내가 떠올라 매정하고 잔인하게 굴었다. 만사가 잘 굴러갔고, 난 점점 인기가 많아졌다.
최근 들어 정말 마음에 들지 않았던 내 몸도 장점이 되었다. 나는 운동경기에 능했고, 배구 팀 주장이 되었다. 교실 안에서든 밖에서든 아이들에게 인기가 있었는데, 마찬가지로 선생님들도 날 예뻐했다. 내가 해서는 안 될 일을 하는 걸로 악명이 높았던 터라 그 애정은 수업시간 한정이었지만. 간혹 한 걸음 물러나 새로운 나의 모습을 볼 때면, 내 눈에 보이는 모습에 나 스스로도 무척 놀라지 않을 수 없었다. 하지만 그러한 새로운 모습으로 그웬과 다른 아이들의 애정과 헌신을 얻었으니, 그들의 마음에 들 더 나은 방법을 새로 찾으려는 마음만 커질 뿐이었다. 눈에 보이지 않는 어떤 기준이 있었는지, 있었다면 누가 언제 세웠는지는 모르겠지만, 그 기준을 충족한 아이들은 여덟 명이었고, 곧 우리는 다른 아이들이 상황에 따라 호의적으로 혹은 비판적으로 언급하는 대상이 되었다.

우리가 모여 앉아 그날 마음에 떠올랐던 것들을 함께 나누던 장소는 오래된 비석들이 서 있는 외딴 구석이었다. 우리가 태어나기도 전에 이 학교를 다녔던 학생들이 발견한 곳으로, 넷이서 팔을 이어 잡아야 겨우 감싸안을 만큼 둥치가 두꺼운 나무들로 가려져 있었다. 매일 우리가 떠올린 것은 우리 가슴과 가슴이 빨리 자라지 않는다는 사실이었다. 나는 남자아이가 문질러주면 가슴이 빨리 커진다는 말을 어디선가 듣고 그 소식을 전했다. 지금 우리가 안착한, 그리고 앞으로도 영원히 안착해서 살고 싶은 세상에서 남자아이는 다 쫓겨나 하나도 없었으므로 우리는 우리끼리 그 일을 해야 했다. 우리 조상의 주인이었던 사람들, 한참 전에 세상을 뜬 그 사람들의 무덤에 앉은 우리는 서로에게 얼마나 완벽했는지! 과일을 따먹어 끈적거리는 입술로 귀찮게 날아드는 파리나 머리칼 속으로 파고드는 벌이나 난데없이 강하게 몰아치는 바람이 아니면 딱히 우리를 괴롭히는 것은 없었다. 우리에게 마련해주겠다고들 하는, 말만 무성한 그 미래는 절대 오지 않을 거라고 우리는 확신했다. 우리 스스로 그에 강렬한 반감이 있었으니, 이번에는 우리의 의지가 승리하지 못할 이유가 뭐란 말인가? 때로는 서로를 바라보다가 행복에 겨운 나머지 소리지르고 싶은 마음을 누르느라 애를 써야 했다.

물론 내 특별한 행복감은 그웬에게서 비롯했다. 그웬은 내 앞에 서서 내 어둑한 검은 눈 속을 들여다보곤 했다. 내가 무슨 생각을 하는지 알아내려는 거라고 했다. 그러다 곧 포기하고는 이렇게 말했다. "아무것도 못 알아내겠어. 늘 보던 내 얼굴밖에 안 보여." 그러면 난 웃으며 그웬의 목덜미에 입을 맞췄고, 그러면 그웬은 고열에 시달리는 사람이 찬바람을 맞았을 때처럼 온몸을 부르르 떨었다. 그웬이 내게 무슨 말인가를 할 때면 난 얼마나 감정이 북받치는지 말소리는 더이상 귀에 들어오지 않고 그저 달싹거리는 입술만 알아볼 때도 간혹 있었다. 처음으로 내가 혼자 찾아내서 좋아하게 된 책의 저자인 이니드 블라이튼의 이름을 따서 나도 이니드라는 이름을 갖고 싶다고 그웬에게 말했다. 어렸을 때는 엄마가 죽을까봐 두려웠는데 그웬을 만난 후로는 그런 걱정은 별로 안 한다고도 했다. 난 엄마를 입에 올릴 때면 경멸감을 내보이려 늘 어김없이 입꼬리를 내렸다. 얼른 커서 우리끼리 집을 얻어 살고 싶다고 했다. 집도 이미 정해놓았다. 어느 집이나 높은 울타리가 잘 손질되어 있는 거리의, 방이 많은 회색 집이었다. 그웬은 내 계획이라면 다 동의했고, 그웬에게 다른 계획이 있었다면 분명 나 역시 그렇게 했을 것이다.

처음 월경이 시작된 날, 난 난생처음 느끼는 묘한 기분에 휩싸였다.

한기가 들면서도 덥고, 끔찍한 통증이 다리를 타고 오르내렸다. 원인을 알게 된 엄마는 내 불평을 묵살하며, 원래 다 그런 거라고, 곧 익숙해질 거라고 했다. 엄마는 침울한 내 표정을 보더니 내 나이에 겪었던, 엄마의 표현에 따르면 '성인이 되는 첫 단계'의 경험을 반농담조로 들려주었다. 난 그 이야기로 우리 사이가 가까워진—예전만큼 가까워진—척을 했다. 하지만 속으로는 '음흉하긴!' 하고 혼잣말했다.

그웬과 함께 학교에 걸어가면서도 무슨 잘못인가를 저질러 창피한 강아지, 그래서 어디든 빨리 가서 납작 엎드리고 싶은 강아지의 심정이었다. 걸음을 걸을 때마다 사타구니에 낀 천은 점점 묵직해졌고, 어딜 보나 내 모습이 '쟤 오늘 월경한대요, 쟤 오늘 월경한대요' 이렇게 광고하고 있을 게 틀림없었다. 사정을 전해들은 그웬의 눈에 눈물이 차올랐다. 그웬은 아직 월경이라는 놀라운 경험을 하지 못했고, 그래서 그런 자신이 딱해서 우는 것이었다. 그웬은 나와 함께하기 위해 자기도 생리대를 차겠다고 말했다.

수업시간에 난 난생처음 실신을 했다. 넬슨 선생님이 예쁜 녹색 유리병에 담아 다니던 각성제를 내 코 밑에서 흔들고서야 난 다시 정신이 들었다. 선생님이 날 양호실로 데리고 갔다. 간호사 선생님은 내가 예기치 못한 고통에 겁이 나서 실신한 거라고 했지만, 내 피로 흥건한 의자에 앉아 있는 내 모습을 눈앞에 또렷이 떠올린 순간 실신했음을 나 스스로는 알았다.

쉬는 시간에 오래된 무덤 사이에 다 같이 자리를 잡고 앉았을 때 난 당연히 생리대를 보여주며 그 사실을 증명해야 했다. 아직 아무도 월경을 시작하지 않았다. 나는 조금도 수선 떨지 않고 다 보여주었다. 아무런 감정이 없었기 때문이다. 그보단 내 자리를 다른 아이가 대신하고 나는 놀라워하며 앉아 있고만 싶었다. 하지만 내 곁으로 달려와 기대라고 어깨를 내어주고, 지끈거리고 피로한 머리를 얹으라고 무릎을 내어주고 진정 위로가 되는 입맞춤을 해주는 아이들은 다들 얼마나 상냥한지. 내 주위에 빙 둘러앉은 아이들을 보면서, 저멀리 교회가 보이고 그너머로 학생들이 무리 지어 운동장을 가로지르는 학교가 보이고 그너머로 펼쳐진 세상을 보면서, 전부 다 산산이 흩어지고 문득 우리가 다른 어떤 상황 속에 앉아 있기를 얼마나 바랐는지. 우스꽝스러운 요구로 가득한 미래도 없고, 서로를 향한 사랑 외에 다른 자양분은 필요 없고, 다른 건 아무것도 필요 없이 그저 묘지의 우리 자리에 영원히 앉아 있고 싶다는, 물론 단순하다고 할 우리의 갈망을 가로막는 것 하나 없는 그런 환경 말이다. 하지만 학교 종이 증명하듯이 그런 일은 절대 있을 수 없었다.

우리는 마치 장례식장에라도 가듯이 천천히 교실로 걸어갔다. 그웬과 나는 영원한 사랑의 서약을 했지만 공허한 말로 들렸고, 서로의 눈을 들여다볼 때도 그 시선을 오래 감당하지 못했다. 넬슨 선생님과 간호사 선생님은 내가 오후 수업을 빼지는 게 좋겠다고 결정했다. 간호사 선생님은 엄마에게 보내는 알림장에 내가 그날은 침대에 누워 쉬어야 한다고 적었다.

집에 도착하자 엄마는 걱정스러운 얼굴로 양팔을 벌리고 내게 다가왔다. 난 이제 엄마를 사랑하지 않는데 어떻게 엄마는 여전히 저렇게 아름다운지 이해할 수가 없어서 내 입에는 쓴맛이 감돌았다.

4장

레드걸

뭔가 꿍꿍이속이 있을 때마다 나는 대문을 요란스럽게 닫았다. 집을 나서는 경우에는, 내가 집을 나선다는 걸 엄마에게 알려주려고 그랬다. 이제 내 걱정은 그만하고 다른 일에 신경쓰라고 말이다. 그리고 시간이 적당히 흐른 후 조용히 대문 걸쇠를 빼고 마당으로 숨어들어서는, 건물 아래로 기어들어가 내게 금지된 어떤 물건을 꺼내거나 숨겼다. 대개 나의 노련한 도둑질로 얻은 물건이었다. 집에 돌아오는 경우엔 이 과정을 거꾸로 거쳤다. 우선 아주 조용하게 들어가 건물 밑으로 기어들어서는 내 물건이 전부 그대로 있는지 확인하고 왕왕 새로 물건을 추가하기도 했다. 그러고는 지금 막 집에 왔다는 듯이 대문을 요란하게 닫으며 다시 들어가는 것이다. 그러면 엄마는 이렇게 말했다. "문을 그렇게 쾅 닫지 말라고 대체 몇 번을 말해야 하니?"

나는 건물 밑 장소에 내가 읽은 책을 거의 다 모아두었다. 책을 다 읽고 나면, 그 책이 마음에 들든 안 들든 떠나보낼 수가 없었다. 그러면 훔쳤다. 순진무구한 표정을 지어 아무도 날 의심하지 않게 하는 기술에 도통했으므로 늘 성공이었다. 생일이나 크리스마스 선물로, 그리고 학교에서 부상으로 정당하게 받은 책도 몇 권 있었다. 그런 건 아빠가 나를 위해 만들어준 작은 책장에 꽂아두었다. 그리고 엄마가 나를 못마땅해한다 싶을 때면 보란듯이 독서에 심취한 척했다. 그러면 엄마는 내게 다가와 이마를 쓰다듬고 입을 맞추며 이렇게 말하곤 했다. "책을 정말 좋아하는 건 알지만 그러다 눈 나빠지겠다." 그렇게 의심이 말끔히 씻겼다는 감이 오면 나는 다시 새로운 일을 꾸몄다.

내게 처음 구슬을 준 사람은 엄마였다. 귀리 상자에 사은품으로 한 쌍이 딸려 왔는데, 유난히 크고—자두알만했다—색깔도 특이해서 엄마는 내가 좋아할 거라고 생각했다. 하나는 파란색이 섞인 흰색이었고, 다른 하나는 누리끼리한 색이 섞인 흰색이었다. 내 눈에는 흰색은 바다, 다른 색은 대륙을 나타내는 축소판 지구본 같았다. 손바닥에 올리고 굴려보았는데 별로 대단치 않아 보였다. 그런데 엄마가 누리끼리한 구슬을 집어 허공에 들어보더니 이렇게 말했다. "색깔 정말 예쁘네! 호박琥珀색이야." 호박이라니! 나는 두말할 것도 없이 그 구슬을 학교에 가져가 아이들에게 보여주며 '정말 예쁜 색이지, 호박색이야'라고 말했고, 바라던 결과를 얻어냈다. '호박'이라는 말에 아이들이 눈을 휘둥그레 뜨면서 '오' 하듯이 입을 오므렸던 것이다.

어느 날 잘 익은 구아바를 따려고 구아바 나무에 돌을 던지고 있는데, 레드걸이 와서 어느 걸 원하느냐고 물었다. 내가 하나를 가리키자 그애는 나무에 기어올라가 내가 원하는 구아바를 따서는 다시 기어내려와 내게 건넸다. 내 눈이 휘둥그레지면서 입은 '오' 모양이 되었다. 여자애가 그렇게 하는 건 지금껏 본 적이 없었다. 남자애들은 다들 나무에 올라가 원하는 과일을 땄지만, 여자애들은 돌을 던져 과일을 땄다. 그런데 쟤가 나무 타는 모습을 보라고. 남자애들보다 더 잘하잖아.

나는 잘 익은 구아바를 두 입에 먹어치운 뒤 레드걸을 찬찬히 바라보았다. 처음 보았을 때 그애가 유난히 눈에 띄었는데 그럴 만도 했다. 그애는 그애 엄마 치맛자락에, 난 우리 엄마 치맛자락에 붙어 있었다. 엄마들은 길을 가면서 손을 흔들며 큰 소리로 인사를 건네고 안부를 물었다. 그때 그 아이의 머리칼이 막 찍어낸 동전 색깔이라는 걸 알았다. 게다가 머리칼이 얼마나 제멋대로인지 꽁꽁 말아서 끝을 흰색 끈으로 단단히 동여매두었다. 돌돌 만 머리는 머리에 납작하게 붙어 있지 않고 위로 곤두서서, 아이가 걸을 때마다 살아 있는 양서류처럼 통통 튀었다. 바로 그때 난 혼자 그 아이에게 레드걸이라는 이름을 붙였다. 지나가는 그애를 보며 불에 활활 타는 자기 집에서 빠져나오지 못해 화염에 휩싸인 그애의 모습을 상상했기 때문이다. 그애를 내가 구해내고, 이후 그애는 나를 우러르며 졸졸 따라다니고, 내가 아무리 온갖 학대를 일삼아도 꿋꿋이 참아낸다. 내 상상이 이런 식으로 한참 달려나가는데, 엄마가 내 주의를 끌며 날 잡아당겼다. 엄마가 이런 말을 하는 게 들렸다. "애를 저렇게 더럽게 키우다니 대단한 여자야."

레드걸과 나는 구아바 나무 아래 서서 상대를 위아래로 훑어보았다. 내 앞에 선 그 아이는 정말 아름다웠다. 얼굴이 달처럼 크고 둥글고 밝겠다. 빨간 달. 크고 넙데데한 발은 신발도 없이 맨발이었다. 원피스는

58

더러웠고, 한쪽 허리께가 터져 있었다. 처음 봤을 때 머리 위로 솟아 있던 빨간 머리칼은 엉클어지고 덥수룩했다. 손은 크고 두툼했고, 손톱 아래 낀 때를 모으면 개미집을 열 개는 지을 수 있을 것 같았다. 게다가 평생 목욕이라고는 하지 않은 것처럼 정말 믿을 수 없을 만큼 굉장한 악취가 풍겼다.

내가 곧 그애에 대해 알게 된 사실은 이러했다. 그애는 일주일에 딱 한 번 목욕을 했는데, 그것도 할머니 곁에 가기 위해서였다. 목욕하는 걸 좋아하지 않았고 그애 엄마도 억지로 시키지 않았다. 옷도 같은 이유에서 일주일에 딱 한 번 갈아입었다. 옷 한 벌을 더는 입지 못할 때까지 주구장창 입기를 좋아했다. 그애 엄마는 그것도 별로 신경쓰지 않았다. 머리 빗는 것도 싫어했다. 등교 첫날엔 특별히 참아주었지만 말이다. 주일학교에 가는 것도 싫어했고 그애 엄마도 억지로 보내지 않았다. 이 닦는 것도 싫어했는데, 그애 엄마는 이는 닦아야 한다고 이따금 말했다. 구슬치기를 아주 좋아했고, 워낙 잘하기도 해서 이젠 그애랑 겨룰 수 있는 아이들은 소년원 남자아이들뿐이었다. 아, 얼마나 천사 같은 아이이고 얼마나 천국 같은 곳에서 사는지! 그와 달리 나는 매일 아침 제대로 목욕을 하고 매일 밤 스펀지를 적셔 간단한 목욕을 해야 했다. 신을 신지 않으면 문밖으로 한 발자국 나가기도 힘들었다. 해가 쨍쨍할 때는 꼭 모자를 쓰고 놀아야 했다. 우리집에서 다섯 집 건너에 사는 한 여자가 일주일에 7펜스—학교 가는 날엔 하루에 1페니, 일요일엔 2펜스*—를 받고 내 머리를 빗겨주었다. 토요일에는 엄마가 내

---

* 펜스는 페니의 복수형. 1페니가 여러 개면 합계 금액은 펜스로 표기된다.

머리를 감겼다. 밤에는 잠자리에 들기 전 교복을 주름 없이 말끔하게 매만진 후 다음날을 위해 잘 개어놓아야 했다. 신발도 늘 깨끗하고 반짝반짝 광이 나야 했다. 아프지 않는 한 일요일마다 주일학교에 가야 했다. 구슬치기를 할 수도 없었고, 소년원 남자아이들이랑 어울리는 일은 입 밖에 꺼낼 수도 없었다.

레드걸과 나는 우리집 뒤편 동산의 꼭대기로 올라갔다. 동산 꼭대기에 오래된 등대가 있었다. 한때는 유용한 등대였겠지만 이제는 엄마들이 '등대에 가서 놀지 말라'고 하는 용도로만 쓰였다. 분명 엄마가 주도했을 것이다. 엄마 몰래 등대에 갈 때마다, 맨 위층까지 올라가기 전에 마음을 다잡아야 했고, 너무 높아서 현기증이 났다. 하지만 지금은 마치 등대 꼭대기가 익숙한 위안이 날 기다리는 내 방이라도 되는 듯이 레느걸의 뒤를 따라 대담하게 걸어올라갔다. 맨 위층에 이른 우리는 발코니로 나가 저멀리 바다를 바라보았다. 오고가는 보트가 보였다. 밖에서 놀던 우리 또래의 아이들이 집으로 돌아가는 게 보였다. 목초지에서 풀을 뜯던 양들이 집으로 돌아가는 것도 보였다. 일을 끝내고 집으로 돌아가는 아빠의 모습도 보였다.

우리가 친구가 되었다는 사실을 엄마가 절대 알아서는 안 된다는 것은 굳이 말할 필요도 없었다. 우리가 앞으로 죽을 때까지, 죽어서까지, 이런 식으로 매일 등대에서 만나기로 했다는 것과, 난 이제 씻지 않은 그애의 발이 디디는 땅조차 숭배한다는 것도. 헤어지기 직전에 그애가 내게 구슬 세 개를 주었다. 1페니에 세 개는 살 수 있는 평범한 구슬이었다. 한가운데에 눈물방울 모양이 박혀 있는 유리구슬. 엄마에게 감춰야 할 또하나의 비밀!

이제 내가 몇 분 전만 해도 내 목숨을 걸겠다고 맹세했을 일과 사람들을 배반하는 일련의 과정이 새로이 시작되었다. 내가 무척 사랑하는 궤네스. 엄마는 내가 그애와 친하게 지내는 걸 전적으로 마음에 들어했지만, 사실 내가 가장 사랑하는 그 친구는 엄마가 결코 상상도 못할 교활함과 내가 좋아할 만한 여러 면을 지니고 있었다. 우리가 평소에 만나는 장소인 물탱크 뒤에서 그웬이 날 기다렸다. "오, 그웬. 내가 무슨 말을 하려는지 들어봐." 서로를 안고 입맞춤을 한 뒤 난 그렇게 입을 열곤 했다. 그러곤 각자 최근에 이룬 일과 실패한 일을 낱낱이 들려주었다. 하지만 지금 그웬의 어깨에 머리를 기대고 있는 내 머릿속에는 새로 반듯하게 다린 그웬의 교복 주름과 깨끗한 목덜미와 막 빗어서 땋은 머리가 정말 따분하다는 생각만 떠올랐다. 우리는 평소처럼 팔짱을 끼고—내가 더 컸으므로 그애가 내 어깨에 머리를 얹고—둘이 똑같은 미소를 띠고 교실로 걸어들어갔다. 친구들은 우리를 작은 잉꼬라고 불렀다. 그때 내 마음을 새롭게 차지한 인물이 누구인지 짐작하는 사람이 있기나 했을까? 분명 그웬은 아니었다. 최근의 일을 들려주며 레드걸 이야기는 당연히 입에 올리지도 않았으니까.

구슬치기는 또 어떤가! 나는 우연찮게, 별생각 없이 구슬을 가지고 놀다가 내가 구슬치기에 소질이 있다는 사실을 알았다. 게임을 해봤고 내가 이겼다. 한번 더 했는데 또 이겼다. 난 그것을 레드걸과 내가 맺은 새로운 결속이 완벽하다는 신호로 받아들였다. 나는 시간이 날 때마다 구슬치기를 했고 그리고 이겼다. 이젠 라운더스*의 주장을 맡을 수가 없었다. 쉬는 시간마다 운동장을 지나 이웃한 교회 앞마당으로 가서 비석 위에 모여 앉아 가슴이 커지려면 뭘 어떻게 해야 하는지 그 중요한 정보를 다른 아이들에게서 듣는 일도 할 수 없었다. 우리 생각에 우리의 가슴은 소중한 화초와도 같아서, 물과 햇빛을 적절하게 공급하면 무럭무럭 자라는 것이었다. 이제 나는 남는 시간을 모조리 구슬치기에 바쳤다. 그리고 승승장구했다! 레드걸에게 받은 소중한 구슬 세 개를 가지고 학교에 갔던 그날만 해도 난 스무 개의 구슬을 가지고 집에 돌아왔다. 낡은 1파운드 깡통 하나를 다 채울 만한 양이었다. 다들 말하길 내가 팔이 길고 시선에 흔들림이 없어 잘하는 거라고 했다. 나 스스로도 얼마나 놀랐는지—지금까지 나 자신도 몰랐던 면모였다. "네가 구슬치기를 하는 그런 여자애가 아니라 참 다행이다." 예전에 엄마가 그렇게 말했는데, 어쩌면 그 말이 내 뇌리에 박혔고, 지금 내가 전에 없이 구슬치기에 몰두하는 것은 엄마가 내게 바라는 정반대의 것을 해야 했기 때문인지도 몰랐다. 곧 구슬이 너무 많아져서, 그것을 낡은 통에 담아 건물 밑에 숨겨야 했다. 혹시 엄마가 어느 날 몸을 숙여, 항상 예리한 그 눈초리로 훑어본대도 쉽게 눈에 띄지 않을 자리였다. 설령 이제껏 문을 요란하게 닫는 속임수를 생각해내지 못했더라도 이제는 확실히 생각해내야 할 상황이었다. 때로 대문을 어찌나 요란하게 닫았는지, 나조차도 저러다 문짝이 떨어져나갈까봐 걱정될 정도였다.

처음엔 레드걸을 매일 만났다. 매일 소소한 집안일을 끝내고 난 후에. 집안일은 먼 미래, 내가 내 집의 주인이 되고, 그웬과 레드걸과 물

---

* 야구와 비슷한 영국의 구기.

탱크 뒤나 등대에서의 만남, 구슬, 건물 밑 장소, 그리고 다른 모든 비밀스러운 즐거움을 다 벗어던져야 할, 다행스럽게도, 아주 먼 미래를 위한 예행연습이었다. 난 엄마에게 이렇게 말하곤 했다. "나가서 다리 좀 풀고 올게." 곧 엄마는 내가 하루종일 그렇게 몸을 움직이고도 왜 갑자기 다리를 풀고 싶다는 건지 의구심을 갖게 되었다. "매일 그렇게 하는 일이 많으면서 왜 뜬금없이 다리를 풀어야겠다는 거니?" 그렇게 물었다. 난 늘 극히 게으른 아이였다. 침대에 누워 다리를 창틀에 올려놓고 햇볕을 쬐면서, 훔친 것이든 아니든 책을 읽거나 내 보물을 가지고 노는 일만큼 좋아하는 일이 없었다. 엄마가 그렇게 물은 뒤로 며칠 동안 나는 등대에 가지 않았고, 엄마의 이런 간섭을 레드걸에게 어떻게 해명해야 할지 고민했다. 내게 온 관심을 쏟지 않는 엄마가 있다면 얼마나 편할까, 그런 생각을 했다. 하지만 곧 새로운 방침을 세웠다. 며칠후 난 엄마에게 석양이 지는 들판을 관찰하는 미술 과제가 있다고 말했다. 수업시간에 수채화로 그 풍경을 그릴 거라고. 그러니 동산에 잠깐 올라갔다 와도 될까요? 내 학문 수양에 보탬이 되기를 열렬히 바라는 엄마라면 분명 관심을 보일 방식으로 물었다. 당연히 엄마는 그러라고 했다. 난 다리에 날개라도 달린 듯이 순식간에 등대 꼭대기에 이르렀다.

내가 엄마의 감시 아래 집에 갇혀 있는 동안에도 레드걸은 매일 충실하게 우리가 만나는 장소로 왔다. 매일 가서 나를 기다렸고, 매일 난 나타나지 않았다. 그러니 그애에게 무슨 말을 할 수 있을까? "내가 몰래 너를 만나고 있다는 걸 참견쟁이 우리 엄마가 알면 날 죽이려 들거야. 아님 최소 몇 시간은 내게 말도 안 걸 텐데 그건 더 끔찍해." 내가 말했다. 내가 그곳에 도착한 후 한참 동안 우리는 아무 말도 하지 않았다. 그저 먼바다에 시선을 고정한 채 오고가는 보트를 바라보고, 밖에서 놀다 집에 돌아가는 또래 아이들을 보고, 목초지에서 우리로 돌아가는 양떼를 보기만 했다. 그러다 레드걸이 여전히 입은 다문 채 나를 꼬집기 시작했다. 거의 거죽밖에 없는 내 살을 잡아 비틀며 아주 세게 꼬집었다. 난 처음에는 울지 않겠다고 맹세했지만, 꼬집기가 너무 오래 계속되자 주체할 수 없이 눈물이 흘렀다. 울음이 너무 북받쳐 가슴이 들썩거렸는데, 들썩거리는 내 가슴을 보고 불쌍한 마음이 들었는지 그애가 꼬집기를 멈추고 대신 방금까지 꼬집혀서 욱신거리는 바로 그 자리에 입을 맞추기 시작했다. 아, 꼬집힘과 입맞춤의 조합에서 오는 쾌감이 얼마나 짜릿하던지. 게다가 얼마나 멋지고 놀라웠는지 우리는 거의 만날 때마다 그애가 나를 꼬집고 그러면 난 눈물을 흘리고 그러면 그애가 내게 입을 맞추는 일이 일과가 되었다. 내가 함부로 대하고 관심도 두지 않는 여자아이들이 왜 다들 사랑과 흠모가 가득한 얼굴로 내 주변을 얼쩡거리는지, 이제 더는 의아하지 않았다.

난 이제 미술 수업을 위해 정기적으로 들판이나 다른 대상을 관찰하러 다녀야 했다. 과학 수업에 필요한 이파리나 꽃이나 식물표본을 구하러 다니거나 지리 수업에 필요한 돌을 채집하러 다녀야 했다. 말하자면 나는 거짓을 지어내는 기관을 최대한으로 가동시키고 있었다. 평소처럼 나를 감시하던 엄마는 나의 그런 근면함과 야심에 놀라움을 금치 못했다. 난 이미 반에서 일등이었는데, 아주 열심히 하지 않고도 일등을 했으므로 별로 걱정할 일이 없었다. 난 거짓말에 아주 능수능란해졌고, '거짓말쟁이가 있는 곳에 도둑놈도 있다'는 엄마의 말이 전혀 틀리지 않았음을 증명이라도 하듯이 이제 도둑질도 시작했다. 하지만 어쩔수가 없었다. 내 돈이 없었으니까. 레드걸에게 선물을 가져다주고, 선물을 받아든 그애의 붉은 얼굴이 등대 꼭대기 발코니 위의 석양빛 아래 더욱 발그스름해지는 것을 바라보는 일은 정말 커다란 기쁨이었으니까. 엄마 지갑에서 잔돈푼을 훔치는 일은 식은 죽 먹기였다. 이미 여러 번 해본 일이기도 했다. 하지만 그 돈은 색색의 그로그랭리본 2야드나 라인석이 박힌 한 쌍의 원형 머리장식 빗이나 멋진 원피스 허리에찰 만한 한 쌍의 인조 장미 꽃봉오리를 사기에 충분치 않았다. 레드걸이 그런 선물을 받아봐야 뭐에 쓰겠느냐는 질문은 내 머리에 별로 떠오르지 않았다. 받아서 잠깐 들여다보고는 더러운 옷 주머니에 쏙 집어넣어도 상관없었다. 그냥 선물하는 게 좋았다. 그런데 그런 걸 무슨 돈으로 샀느냐고? 나는 내게는 상당히 큰 액수의 돈이 보관된 금고의 열쇠를 부모님이 어디에 두는지 알았다. 곧 나는 그 열쇠를 손에 넣어 금고를 열고 거기서 얼마간의 돈을 빼냈다. 이런 일은 눈 감고도 할 수 있었을 것이다. 액수가 좀 안 맞아도 부모님은 분명 잘못 계산한 줄 알 테니까. 부모님도 모르는 게 있다는 것이 기분좋았다.

어느 날 오후, 나는 학교 과제에 유난스러운 열성을 보이면서 터무니없는 뭔가를 관찰하든 수집하든—어느 쪽이든 내겐 마찬가지였다—하러 나간다고 엄마에게 말했다. 물론 레드걸을 만나러 가는 것이었고, 보기 드물게 아름다운 구슬—푸른 도자기 구슬—을 선물로 준비한 터라 특히 마음이 흡족했다. 그런 구슬은 지금껏 본 적이 없었고, 그래서 처음 본 순간부터 그것을 꼭 손에 넣고 싶었다. 난 그 구슬을 가진 여자아이와 사흘 연속 구슬치기를 해서 그애가 가진 구슬 전부—서른세 개였다—를 땄다. 그 구슬만 빼고. 다시 그 아이와 경기를 해서 여섯 경기를 연속으로 이긴 후에야 마침내 그 상—푸른 도자기 구슬—을 차지할 수 있었다. 난 예의 '대문을 요란하게 닫은 뒤 가만히 다시 기어들어가기' 속임수를 써서 건물 밑으로 기어들어가 구슬을 숨겨둔 내 비밀 장소에서 구슬을 꺼냈다. 밖으로 기어나오는 내 눈에 캔버스화를 신은 엄마의 거대한 두 발이 들어왔다. 내 표정을 본 엄마는 내게 뭔가 꿍꿍이속이 있다는 것을 바로 알아차렸다. 엄마의 표정을 본 나는 이제 다 끝났다는 걸 바로 알아차렸다. "손에 쥔 게 뭐니?" 엄마가 물었고 난 손을 펴서 보여줄 수밖에 없었다. 내가 어렵게 얻어낸 보물을 본 엄마의 눈에 점점 분노가 차올랐다.

엄마가 말했다. "구슬? 네가 구슬치기를 한다는 말을 듣긴 했지만 도무지 믿기지 않았어. 그러니까 식물표본을 찾으러 나간 게 아니라 구슬치기 하러 갔던 거구나."

"아, 아니야." 내가 말했다. "아니라고."

"다른 구슬은 다 어디 있니?" 엄마가 물었다. "하나 있다면 당연히 가진 건 더 많겠지."

"아, 아니야." 내가 말했다. "아니야. 난 구슬치기 같은 거 안 하고 구슬도 없어."

"저 밑에 숨겨두고 있잖아." 내 말을 다 무시하고 엄마가 말했다.

"아니, 아니라니까."

"내가 다 찾아내서 바닷물에 던져버릴 거야." 엄마가 말했다.

엄마는 건물 밑으로 기어들어가 믿기 힘들 정도로 맹렬하게 구슬을 찾기 시작했다. 엄마와 내가 아마존 밀림에서 산책을 하는 상황이라 치고, 엄마 한 걸음이 내 두 걸음과 맞먹다보니 얼마 후 내가 곁에 없다는 걸 눈치챈 엄마가 나를 찾아 밀림을 헤맨다면, 지금 구슬을 찾는 엄마 모습이 딱 그럴 것이다. 엄마의 수색은 계속 이어졌다. 뭣에 쓰려던 건지 기억도 안 나지만 아빠가 수년 전에 쌓아둔 널빤지 뒤쪽을 뒤지고, 외갓집에서 온 오래된 편지와 오래된 크리스마스카드와 생일카드가 들어 있는 모자 상자 뒤를 뒤지고, 가지런하게 쌓아놓은 내 책을 마구 흐트러뜨렸다. 어느 책이든 열어봤더라면 속표제지에 '앤티가 공립도서관'이라는 도장이 찍혀 있는 걸 보았을 것이다. 물론 그건 또 완전히 다른 문제라, 난 훔친 책과 구슬치기 중에서 어느 쪽이 더 안 좋은지 알 수 없었다. 수색은 계속되었다.

"구슬 어디 있어?" 엄마가 물었다.

"구슬 없다고." 내가 말했다. "이거 하나뿐인데, 학교 앞에서 길 건너다가 주운 거야."

물론 속으로는 이런 생각을 하고 있었다. 당장이라도 난 죽게 될 거야. 왜냐하면 나를 쏘아보며, 엄마를 정면으로 쏘아보며 바로 저기에 구슬들이 있었기 때문이다. 사실 엄마는 그 위에 손을 얹기까지 했다. 난 구슬을 낡은 주석 깡통에 넣어두었다. 가장 아끼는 것들은 엄마의 낡은 빨간색 가죽 손가방에 보관했지만. 잠시 숨을 고르는 엄마의 발치에 그것들이 놓여 있었고, 엄마의 발꿈치가 가죽 가방을 치기도 했다. 난 심장이 멎는 줄 알았다.

아빠가 집에 돌아와 엄마는 수색을 다음으로 미뤘다. 그런 일이 있었는데도 엄마는 내가 저녁을 함께 먹을 수 있게 해줬는데, 식탁에서 아빠에게 구슬 이야기를 꺼냈다. 게다가 구약성서의 두 장에 이를 만큼 긴 목록을 덧붙였다. 전부 사실이었지만 얼마나 끔찍하게 느껴지던지 난 그 속에서 내 모습을 알아볼 수 없었다. 그래도 그렇지, 엄마와 아빠는 그 자리에 없는 사람 이야기하듯 내 이야기를 했다. 내가 작별인사도 없이 배를 타고 남미로 가버리기라도 한 것처럼. 내 기억에 엄마가 나 때문에 그렇게까지 화를 낸 적은 지금껏 없었다. 그사이 레드걸은 전부 내 마음에서 지워져버렸다. 그레이비소스에 적신 빵조각을 삼키려 애쓰면서 '이렇게 끝나나보네' 하고 생각했다. 내일 길에서 그애를 마주쳐도 난 우리가 전혀 만난 적이 없다는 듯이, 보기만 해도 짜증스러운 아이라는 듯이 행동하게 될 것이었다. 잔뜩 화가 난 엄마가 여전히 아빠에게 분통을 터뜨리는 동안 난 내 삶을 재조정했다. 그웬을 완전히 떠나지 않아 얼마나 다행이야. 내가 라운더스를 잘해서 기꺼이 다시 주장을 시켜줄 테니 그것도 정말 다행이고. 가슴이 다 자라지 않아서 여전히 아이들한테 비결을 들어야 하니 참 다행이지.

며칠이 지났다. 엄마는 여전히 구슬을 찾았다. 날 얼마나 괴롭히던지! 내가 학교에 갈 때면 엄마는 대문까지 따라 나와서 지평선의 내 모습이 옷핀만큼 작아질 때까지 지켜보았다. 집에 오면 엄마가 나를 기다리고 있었다. 오후에 뭘 관찰한다거나 수집한다고 나가는 일은 당연히 어림도 없었다. 그러고 싶지도 않았다. 이제 다 끝났으니까. 그래도 상황은 여전했다. 엄마는 구슬이 어디 있느냐고 묻고, 난 상냥하기 그지없는 목소리로 그런 거 없다고 하고. 틀림없이 우리는 절대로 상대에게 굴복하지 않겠다고 각자 속으로 맹세했을 것이다. 그러다 엄마가 새로운 작전을 썼다. 내게 이런 이야기를 들려주었다. 엄마는 어릴 적에 토요일마다 아빠를 따라 밭에 나가야 했다고 한다. 그곳에 도착하면 엄마의 아빠는 플랜테인과 바나나 나무, 포도와 라임과 레몬 나무를 살펴보고, 몽구스 덫도 살펴보았다. 집에 돌아가기 전에는 한 주간 가족들이 먹을 음식을 수확하곤 했다. 플랜테인, 초록 무화과, 자몽, 라임, 레몬, 원두, 코코아 열매, 아몬드, 육두구 씨, 정향, 타로감자, 카사바 등 그때그때 잘 익은 것들을 거두었다. 그러던 어느 날 양식을 당나귀에 다 실은 뒤에도 초록 무화과가 한 무더기 남아서 엄마가 그것을 머리에 이고 와야 했다. 자기 아빠와 함께 집으로 가던 엄마는 갈수록 머리 위 무화과가 무거워지는 걸 알았다. 얼마나 무거웠는지 여태껏 들었던 어떤 무화과보다 더 무거웠다. 목부터 척추 끝까지 온통 저려왔다. 무화과가 무거워 엄마의 걸음은 점점 느려졌고, 때로는 아빠를 놓치기도 했다. 혼자서 길을 가는 엄마의 귀에 생전 들어보지 못한 소리와 정체를 알 수 없는 온갖 소리가 들려왔다. 몸은 쑤시고 잔뜩 겁에 질린 엄마가 드디어 초록 무화과를 내려놓게 되어 기쁜 마음으로 집 마당으로 들어섰다. 엄마가 머리에 인 짐을 내려놓자마자 그 속에서 아주 기다란 검은 뱀이 기어나왔다. 미처 비명을 지르기도 전에 뱀은 재빨리 덤불 속으로 사라져버렸다. 너무 겁을 먹어서인지 아니면 막 내려놓은 짐이 무거워서인지 엄마는 정신을 잃고 쓰러졌다.

엄마가 이야기를 마쳤을 때 난 가슴이 터져버릴 것 같았다. 여기 우리 엄마가, 당시 겨우 내 또래였을 어린 소녀가 머리에 뱀을 인 채 밭에서 집까지 먼길을 걸어갔다니. 그 나이의 엄마 사진을 본 적이 있었다. 얼마나 어여쁜 아이였던지! 기름하고 호리호리한 몸. 숱 많고 긴 검은 머리를 두 갈래로 땋아 어깨 아래까지 늘어뜨린 모습. 숱하게 잔소리를 듣고도 도대체 허리를 똑바로 펴지 않아 이미 구부정해진 등. 얼마나 수줍음이 많은지 치아가 드러나게 활짝 미소를 짓는 일이 없었고, 어쩌다 소리 내어 웃음을 터뜨릴 때도 곧바로 손으로 입을 가리곤 했다지. 늘 자기 엄마에게 순종했고 여동생은 그런 언니를 떠받들었다. 그리고 엄마는 오빠인 존을 떠받들었고, 그런 오빠가 의사는 전혀 모르지만 여자 주술사는 훤히 알던 어떤 병으로 세상을 떴을 때, 엄마는 일주일간 아무것도 먹지 않았다고 했다. 아, 저 아름다운 머리 위에 위험하고 끔찍스러운 검은 뱀이 있다고 생각해보라. 분홍색 발꿈치에 발등이 예쁘게 곡선을 이루는 저 발(엄마의 발이 자기 엄마 발을 꼭 닮은 것처럼 내 발도 엄마의 발을 꼭 닮았다), 그 발이 작은 등으로 버티기엔 너무 무거운 초록 무화과와 뱀을 이고 울퉁불퉁한 자갈투성이 길을 비틀거리며 걸어가는 것을 상상해보라. 내가 그 자리에 있었다면, 일 초의 망설임도 없이 엄마를 대신했을 텐데. 그때 엄마를 알았다면 얼마나 깊이 엄마를 사랑했을까. 저리도 아름다운 사람, 그때도 책을 사랑했고 숲에서 원숭이에게 돌을 던지기도 했던 사람과 같은 나이였다면! 내가 엄마를 위해 하지 못할 일이 뭐가 있었을까. 버거운 일이라곤 전혀 없었을 것이다. 그리고 내 앞에 선 이 여자아이를 향해 얼마나 커다란 사랑과 연민이 솟아올랐는지 당장이라도 엄마에게 내가 가진 구슬 전부를 내어줄 수도 있었다. 엄마가 그렇게 간절히 원하니까. 구슬이 무슨 대수라고? 엄마는 뱀을 머리에 이고 집까지 수 마일을 걸어가기도 했는데. "구슬은 저기 구석에 있어." 이 말이 막 입 밖으로 튀어나오려는 찰나, 따뜻하고 부드럽고 간교한 목소리로 엄마가 이렇게 물었다. "자, 아가씨, 구슬은 어디 있니?" 나 역시 따뜻하고 부드러운 목소리, 새로 터득한 간교한 목소리를 끌어내어 이렇게 대답했다. "구슬 없어. 나 구슬치기 한 적 없는 거 엄마도 알잖아."

얼마 지나지 않아 난 월경을 시작했고, 구슬치기도 그만두었다. 레드걸도 다시는 보지 못했다. 나와는 아무 관련 없는 어떤 이유로 그 아이는 조부모와 함께 살며 학업을 끝마치기 위해 앵귈라로 가게 되었다. 그 소식을 들은 날 밤, 난 그애 꿈을 꾸었다. 그애가 탄 배가 망망대해에서 난데없이 산산조각이 나서 그애를 제외한 모두가 물에 빠져 죽고, 내가 작은 배로 그애를 구했다. 그러고는 어떤 섬으로 가, 멧돼지와 모자반을 먹으며 그곳에서 영원히 함께 살았다. 밤이면 우리는 모래사장에 앉아 사람들을 가득 태운 유람선이 지나가는 것을 바라보았다. 우리가 이상한 신호로 그 배들을 혼란에 빠뜨려 근처 암초를 들이박게 했다. 즐거운 환호가 애처로운 비명으로 바뀔 때 우리는 얼마나 깔깔거리며 웃었는지.

5장
사슬에 묶인 콜럼버스

여느 때처럼 밖에는 해가 쨍쨍하고 무역풍이 불었다. 엄마는 풀 먹인 옷을 빨랫줄에 널러 가다가 텃밭에 들어간 닭을 훠이 하며 쫓았다. 엄마는 아빠와 내가 오후에 차와 함께 먹을 수 있게 미스 듀베리가 구운 둥근 빵을 몇 개 사곤 했다. 미스 헨리가 우유를 가져왔고, 그러면 난 점심을 먹으며 한 잔 마시고, 미스 듀베리의 빵을 먹으며 또 한 잔을 마셨다. 엄마는 점심 준비를 했다. 아빠는 건축 동업자인 오티 아저씨가 정말이지 멍청한 짓을 했다며 이야기를 꺼냈고, 그래서 엄마와 아빠는 점심을 먹으며 한바탕 웃을 수 있었다.

성공회 교회의 종이 열한시를 알렸다. 점심시간까지 한 시간이 남았다. 그때 난 교실의 내 책상에 앉아 있었다. 역사 시간이었고, 마지막 오전 수업이었다. 그 과목에서 일등을 해서 『로마제국시대 브리튼』이라는 책을 상으로 받았고, 반장이 되었다. 반장이라니 얼마나 잘못되었는가. 난 반에서 행실이 가장 나쁜 축에 들었고, 으레 반장이 그래야 하는 식으로 나 자신이 모범이 될 수 있다고 믿지도 않았기 때문이다. 이제 난 반장 자리에 앉게 되었다. 일어서면 쉽게 반 전체를 살필 수 있는 맨 앞줄의 첫번째 자리였다. 그 자리에서는 창밖이 내다보였다. 나는 가끔 밖을 쳐다보다 목사관으로 가는 교회 관리인을 보기도 했다. 교회 관리인의 딸로, 행실이 바르고 공부에 아주 열심인 역겨운 모범생 힐러린이 내 옆자리에 앉아 있었다. 걔가 반에서 이등이었기 때문이다. 목사의 딸인 루스는 지진아들 자리인 맨 뒷자리에 앉아 있었다. 당연히 난 힐러린이 아주 싫었다. 그렇게 모범적인 학생은 나하고는 전혀 맞지 않았다. 아마 일등 자리가 그애한테 갈 걱정만 없었다면 난 일등 자리에 별 관심도 없었을 것이다. 루스는 내 맘에 들었다. 진짜 바보인데다 영국 출신에 금발 머리였기 때문이다. 루스를 처음 만났을 때, 난 그애 집까지 함께 걸어가며 상스러운 노래를 불렀다. 그저 내가 그 몸에 뜨거운 물을 끼얹기라도 한 듯 그애가 붉게 달아오르는 걸 보고 싶어서였다.

『서인도제도의 역사』라는 교과서가 우리 앞에 펼쳐져 있었다. 아침 기도로 하루 일과를 시작해서, 그다음에 기하 수업, 그다음에는 과학관으로 가서 치아가 아주 거무죽죽한 캐나다 출신의 슬랙스 선생님에게 '물리학 개론'(우리가 아주 좋아하는 과목은 아니었다)을 들은 뒤 소중한 쉬는 시간이 있었고 이제 역사 시간이었다. 쉬는 시간은 여느 때와 같았다. 이번 시간에 난 청소년 성가대에 들어가지 못해 실망한 그웬을 열심히 달래주었다. 그웬의 아빠—내가 그웬과 오래 행복하게 사는 내내 나환자 마을로 쫓겨가 살도록 나병에 걸렸으면 좋겠다고 내가 바라고 또 바라던 사람—가 허락하지 않았기 때문이다. 성가대 연습이 있는 교회가 집에서 너무 멀어서, 어린 여자아이가 어두운 밤길을 혼자 걷기에 위험하다는 것이 이유였다. 당연히 거리에는 어디나 가로등이 있었지만 그 점을 지적해봐야 그웬 아빠에겐 소용없었다. 성가대 지휘자인 시먼스 선생님이 지휘봉을 위아래 좌우로 흔드는 동안 우리 둘이 자리에 앉아 거기 집중하는 척하면서 서로 무릎을 맞대고 문지를 수 있었다면 얼마나 즐거웠을까. '저물녘'(그웬이 즐겨 쓰는 표현을 빌리자면)에 우리 둘만 있는 거리를 함께 걸어 집으로 가는 건, 보름달이 뜬 밤이면 목초지에 누워 맨가슴에 달빛을 받는 건 또 얼마나 더 즐거웠을까. 보름달의 빛을 쐬면 가슴이 바라는 만큼 자란다던데. 불쌍한 그웬! 난 그웬에게서 형제자매가 아홉 명이라는 말을 처음 듣자마자 너희 엄마에겐 이미 사랑할 사람이 너무 많으니까 난 너만을 사랑하겠다고 말했다.

에드워드 선생님이 늘 그러듯 교실을 이리저리 돌아다녔다. 선생님 책상 앞에는 작은 탁자가 있고, 그 위에는 지진아 모자가 놓여 있었다. 지진아 모자는 왕관처럼 생겼고, 뒤에 조절 띠가 있어서 어느 머리에나 잘 맞았다. 판지로 만든 모자에 반짝거리는 금종이를 붙이고 앞쪽에 반짝거리는 빨간색으로 '지진아'라는 글씨가 붙어 있었다. 햇빛을 받으면 지진아 모자가 얼마나 화려하게 반짝이는지, 써볼 만하겠다는 생각이 들 정도였다. 에드워드 선생님이 왔다갔다하면서 우리와 지진아 모자 사이로 일식처럼 지나가곤 했다. 금요일 아침이면 우리는 한 주 동안 배운 것을 확인하기 위해 간단한 시험을 치렀다. 가장 점수가 낮은 아이는 다음 월요일에 하루종일 지진아 모자를 쓰고 지내야 했다. 대개 루스가 그 모자를 썼다. 단지 루스가 지진아 모자를 쓰면 그 짧은 금발 머리 탓에 마치 『여학생을 위한 연감』에 나오는 생일 파티에 참석한 여학생처럼 보였다.

답을 모를 게 분명한 학생에게 먼저 질문한 뒤 답을 알 것이 분명한 학생에게 똑같은 질문을 다시 하는 것이 에드워드 선생님의 방식이었다. 정확한 답을 말하지 못한 학생은 다음 학생이 말한 답을 토씨 하나까지 똑같이 반복해야 했다. 내 대답이 복창되는 일은 자주 있었고, 난 내 맘에 별로 들지 않는 아이가 복창하면 특히 기분이 좋았다. 에드워드 선생님이 루스를 지명하며 던졌던 질문의 답은 "1493년 11월 3일 일요일 아침에 크리스토퍼 콜럼버스가 도미니카를 발견했다"였다. 당연히 루스는 답을 몰랐다. 그애는 서인도제도와 관련된 질문이라면 대부분 답을 몰랐다. 나로선 루스를 탓할 수 없었다. 저멀리 영국에서 온 아이니까. 어쩌면 본인은 서인도제도에 살기를 전혀 원하지 않았을 수도 있다. 어쩌면 자기 선조들이 저지른 끔찍한 만행을 끊임없이 상기시키는 사람이 없는 영국에서 살고 싶었을지도 모른다. 어쩌면 자기 아빠가 아프리카에 선교사로 가 있었을 땐 더욱 양심의 가책을 느꼈는지도 몰랐다. 난 루스의 얼굴만 봐도 그애의 기분이 어떨지 알았다. 그애의 선조는 주인이었고 우리의 선조는 노예였다. 그애는 부끄러워할 일이 너무 많았고, 우리와 함께 지내며 매일 그 사실이 떠올랐을 것이다. 우리 선조는 무방비로 그냥 앉아 있던 일 외에 잘못이라고는 없었기에 우리는 누구의 눈이든 똑바로 바라볼 수 있었다. 물론 선생님 말씀이나 책에 쓰인 내용을 보면 지금 우리가 정말로 어느 쪽에 속해 있는지—

주인 쪽인지 노예 쪽인지—분간이 안 갈 때가 간혹 있었다. 모든 것이 역사가 되고 과거가 되어, 이젠 다들 행동 방식이 달라졌으니 말이다. 빅토리아여왕이 죽은 지 한참 지난 지금도 우리는 모두 여왕의 생일을 축하했다. 하지만 노예의 후손인 우리는 실제 무슨 일이 있었는지 잘 알았다. 입장이 바뀌었다면 우리의 행동은 달랐으리라고 난 믿었다. 만약 우리 조상이 아프리카에서 유럽으로 가서 그곳에 사는 사람들을 만났다면, 처음 보자마자 유럽 사람들에게 마땅한 관심을 보이며 '정말 멋지다'고 말했을 것이고, 고국으로 돌아가 친구들에게 그 이야기를 전했을 것이다.

나는 책상에 앉아 이런 생각에 잠겨 있었다. 주변에서 벌어지는 일을 의식하지 못한 채 얼마나 오래 이러고 있었는지 나도 몰랐다. 루스가 대답을 못했고 그다음 지목당한 히아신스라는 이름을 가진 아이의 대답도 정확하지 않았다는 것을 알아채지 못했다. 그 두 번의 시도가 실패로 끝나자 에드워드 선생님이 예전 학생들에 비해 우리가 얼마나 형편없는 학생들인지 모른다며 한바탕 설교를 해댄 것도 알지 못했다. 사실 내 책장은 그 시간에 나갈 진도에 맞춰져 있지도 않았다. 한참을 앞서나가 콜럼버스의 세번째 항해를 다루는 장 말미에 있었다. 그 장에는 색이 들어간 콜럼버스 그림이 한 면 전체를 차지하고 있었다. 여러 색으로 인쇄된 그림은 책 전체를 통틀어 다섯 개뿐이었고, 그중 하나였다. 그 그림에서 콜럼버스는 배 밑바닥에 앉아 있었다. 늘 입는 칠부바지에 소맷자락 폭이 엄청 넓은 셔츠를 입고 있었다. 바지와 셔츠 둘 다 밤색 벨벳으로 지은 것이었다. 머리 한쪽에 챙을 젖혀 쓴 모자에는 금빛 깃털이 꽂혀 있고, 검은색 신발에도 거대한 금색 버클이 달려 있었다. 손발이 사슬에 묶인 그는 꽤나 상심하고 처량한 몰골로 허공을 응시하며 앉아 있었다. '사슬에 묶인 콜럼버스'라는 제목이 그림 아래쪽에 쓰여 있었다. 어찌된 사정이냐면, 원래 걸핏하면 싸우려고 덤비는 콜럼버스와, 그보다 더 싸움을 좋아하는 사람들 사이에 분란이 생긴 것이었다. 그래서 페르디난트왕과 이사벨라여왕의 명을 받은 보바디야라는 남자가 그를 배 밑바닥에 사슬로 묶어 스페인으로 돌려보내는 길이었다. 저런 일을 당해도 싸지. 콜럼버스를 좋아하지 않는 나는 그런 생각을 했다. 그 그림이 얼마나 마음에 들었는지 모른다. 평소 의기양양한 콜럼버스가 저 지경이 되어 배 밑바닥에서 사람들 하는 일을 구경이나 하고 있으니. 내가 그 그림을 역사 교과서에서 처음 발견하고 얼마 안 있어, 엄마가 이모에게 받은 편지를 아빠에게 읽어주는 것을 들었다. 이모는 엄마가 떠나온 도미니카에서 여전히 부모님과 함께 살고 있었다. 엄마는 별일 없는데 아빠 상태는 별로 안 좋아. 팔다리에 좀 문제가 있으셔. 이젠 마음대로 나다니실 수가 없어. 당신 일도 다른 사람이 대신 해줘야 할 때가 많아. 엄마는 제법 흥분해서 편지를 읽었고 문장을 하나씩 읽을 때마다 억양이 올라갔다. 자기 아빠가 팔다리가 뻣뻣해져 고생한다는 부분을 읽고 나서는 아빠를 보고 깔깔 웃으며 이렇게 말했다. "그 대단한 양반께서 이젠 자리에서 일어나 다니지도 못한다잖아. 정말이지 그 얼굴을 한번 봤으면 좋겠네!" 그 일이 있은 후 사슬에 꽁꽁 묶여 앉아 있는 콜럼버스 그림을 다시 봤을 때 난 그 아래에 '대단한 양반께서 이젠 자리에서 일어나 다니지도 못한다'라고 적었다. 그 글귀를 내 만년필로, 그리고 최근에 배운 고대영어 글씨체로 적었더랬다. 난 지금 자리에 앉아 그림을 보면서 펜으로 그 글씨를 계속 덧쓰고 있었다. 글씨는 점점 커졌고 근처에 오면 읽을 수 있을 정도가 되었다. 얼마나 그러고 있었는지 모르겠는데 문득 내 이름을 부르는 소리가 들렸다. 에드워드 선생님의 모습을 한 용 한 마리가 나를 향해 돌진하며 고함치듯 애니 존을 부르고 있었다.

에드워드 선생님은 날 좋아한 적이 없었다. 선생님이 좋아하는 학생은 힐러린이었다. 내 성적이 힐러린을 앞설 때가 그렇게 많았으니 에드워드 선생님은 무척이나 속이 쓰렸을 것이다. 내가 에드워드 선생님을 좋아했고 그래서 선생님도 나를 좋아해주기를 바랐다는 말은 아니다. 하지만 다른 선생님들은 모두 나를 애정으로 대했고, 엄마를 보면 늘 지금까지 보아온 중에 가장 훌륭한 학생이라고 말했고, 다가오는 나를 보면 활짝 웃어 보였고 내 성적표에 이런 식의 글을 적으면서는 아주 유쾌스러워했다. "애니는 남다르게 총명한 학생입니다. 교실 안에서 행실도 바른데, 적어도 선생님들이 있을 때는 그렇습니다. 그런데 선생님들이 보지 않을 때나 교실 밖에서는 전혀 다릅니다." 이런 글을 읽으면 엄마는 울음을 터뜨렸다. 내가 받은 상장들과 함께 내 성적표를 아주 뽐내며 친구들에게 내보이고 싶었기 때문이다. 그러기는커녕 그 성적표는 나와 관련된 중요한 물건들을 보관하는 낡은 트렁크 바닥으로 들어가야 했다. 에드워드 선생님이 날 좋아하지 않게 된 사정은 이러했다. 금요일 오후 마지막 시간이면 저학년 학생들은 수업 없이 쉬는 시간을 가졌다. 우리는 그 시간을 숙녀답게 보내야 했다. 산책을 하거나 우리가 읽는 시나 소설을 주제로 대화를 나누거나 가정 시간에 새로 배운 자수를 서로 보여주거나, 아니면 다른 점잖은 일을 하면서 말이다. 하지만 몇몇 아이들은 그 대신 크리켓이나 라운더스나 스톤스 경기를 했고, 우리는 주로 운동장 맨 끝에서 밴드 놀이를 했다. 선생님과 학부모들이 못마땅해하거나 아예 금지했던 이 놀이는, 서로서로 허리나 어깨에 팔을 감고 열 명 남짓 열을 이루어 운동장 이쪽 끝에서 저쪽 끝까지 춤을 추며 오가는 놀이였다. 우리는 춤을 추면서 이런 노래를 부르기도 했다. "티 라랄라, 오고가고. 티 라랄라 오고가고." 아니면 대개 점잖지 못한 단어들이 잔뜩 들어 있는 칼립소 노래를 부르기도 했다. 선생님들에게서 멀찍이 떨어져 운동장을 가로지르며 그렇게 춤추고 노래했다. 사십오 분간의 쉬는 시간이 끝나면 머리에 묶었던 리본이나 이런저런 장식은 어디론가 사라지고 리넨 치마의 주름은 다 헝클어지고 옷깃도 삐져나오고 속바지까지 땀으로 흠뻑 젖었다. 수업 종이 울리면 기겁을 해서 서로 몸을 던지고 비명을 지르고 깔깔거리며 교실로 뛰어들어갔다. 그러곤 저녁기도를 하러 강당으로 줄지어 들어갈 준비를 했다. 그러고 나면 집에서 주말을 보낼 차례였다. 하지만 그렇게 신나게 놀던 우리가 어떻게 바로 집으로 가겠는가? 거리로 나서자마자 우리는 각자 가는 방향에 따라 작은 무리를 이루었다. 난 우리집 쪽으로 가는 무리에는 절대 끼고 싶지 않았다. 틀림없이 엄마와 마주칠 테니까. 그 대신 친구들과 함께 우리가 주로 모이던 교회 마당 뒤쪽 장소로 가서, 1833년에 노예제가 폐지되기 훨씬 전에 그곳에 묻힌 사람들의 비석에 앉았다. 거기 앉아 상스러운 노래를 부르고 금지된 단어를 쓰고, 그리고 물론 서로에게 몸 여기저기를 보여주었다. 일부는 앉아서 지켜보고, 나머지는 커다란 비석 위에서 다리를 드러내고 걸었다. 그것은 곧바로 인기를 얻어서 다들 하고 싶어했다. 얼마 안 가 많은 아이들—딸들이 뭘 하고 다니는지 엄마들이 깐깐하게 지켜보지 않는 아이들—이 금요일에 학교에 올 때면 교복 속에 속바지 대신 레이스나 새틴 주름 장식이 달린 속옷을 입고 왔다. 그 일은 얼마 지나지 않아 끝이 나고 말았다. 어느 금요일 오후에 에드워드 선생님이 퇴근하고 집으로 가면서, 교회 마당을 가로지르는 지름길로 들어섰던 것이다. 그러다 분명 우리가 야단법석 떠는 소리를 들었을 것이다. 난데없이 선생님이 나타나 "이게 지금 다 뭐하는 거니?"라고 했으니. 우리처럼 생각지 못한 존재를 마주쳤을 때 선생님 같은 사람이 딱 할 법한 말이었다. 내가 그 무리의 우두머리라는 건 안 봐도 뻔했다. 아, 그 자리에서 땅이 쩍 갈라져 선생님을 삼켜버렸으면 하고 얼마나 바랐는지! 하지만 그런 일은 일어나지 않았다. 우리 모두 멋쩍어 풀이 죽은 채 집으로 갔고, 난 에드워드 선생님과 함께 갔다. 엄마는 내가 한 짓을 듣더니 눈에 눈물을 글썽였다. 보아하니 너무 나쁜 행실이어서 차마 내가 있는 자리에서 아빠에게 이르지도 못했다. 난 으레 그렇듯이 바깥에 나가 뽕나무 아래에서 혼자 저녁을 먹는 벌을 받았고, 그뿐만 아니라 토요일에 도서관에 가는 것도, 일요일 주일학교가 끝나고 저녁을 먹은 뒤 그웬이 대나무숲에서 날 기다리고 있을 식물원으로 산책 가는 일도 금지되었다.

그 일은 내가 일학년 때 있었던 일이다. 지금 내 앞에 에드워드 선생님이 서 있었다. 온 얼굴이 이글이글 타오르는 것 같았다. 눈은 얼마나 튀어나왔는지, 당장이라도 내 발치로 떨어져 데굴데굴 굴러갈 것 같았다. 그렇잖아도 늘 붉게 달아올라 있는 얼굴의 작은 여드름들이 이제 거대하게 부풀어 금방이라도 폭발할 듯 부글거렸다. 선생님이 고개를 절레절레 흔들었다. 바짝 치켜들고 다니는 괴상한 엉덩이가 점점 더 솟아 천장에 닿을 지경이었다. 왜 딴 데 정신을 팔고 있느냐고 선생님이 물었다. 내 무례함을 더는 참을 수가 없다고 했다. 그러고는 여러 방식으로 나타나는 내 무례함을 표현할 단어를 백 가지나 찾아내어 한없이 이어갔다. 선생님의 놀라운 고함소리에 좀 익숙해졌나 싶었는데 갑자기 말이 뚝 끊겼다. 사실은 모든 것이 정지했다. 튀어나올 것 같던 눈알도 멈췄고 엉덩이도 멈췄고 여드름도 멈췄다. 선생님이 워낙 가까이 서 있었던지라 내가 교과서에 써놓은 글귀가 눈에 들어왔던 것이다. 그러자 자세히 들여다보지 않을 수 없었다. 교과서에 글자를 끄적거려 엉망으로 만든 것만도 아주 나쁜 짓이었다. 그런데 콜럼버스 그림 아래에 '대단한 양반' 어쩌구라고 적은 것은 상상할 수도 없는 일이었다. 너의 고국인 이 섬을 발견한, 역사적 위인인 콜럼버스를 깎아내리다니 네가 이번엔 해도 너무 했구나. 그런데도 지금 네 태도는 어떠니. 고개를 숙이며 뉘우치는 기색도 없구나. 너희들은 이렇게 신을 모독하는, 이렇게 오만한 애를 본 적이 있니.

난 교장 선생님인 무어 선생님에게 불려갔다. 벌로 반장 자리에서 쫓겨났고, 그 자리는 밉살스러운 힐러린에게 주어졌다. 거기에 더해 존 밀턴이 쓴 『실낙원』의 1권과 2권을 옮겨 적는 벌도 받았는데, 일주일 안에 끝내야 했다. 난 어서 점심시간이 되어 집으로 가고 싶어 견딜 수가 없었다. 날 안아주며 입맞춤을 해줄 엄마에게서 위안을 받고 싶었다. 아직 걱정할 것은 없었다. 엄마와 아빠가 내 나쁜 행실을 당장 알게 되지는 않을 테니. 정말 끔찍한 오전이었어! 엄마를 보면 기운이 날 거야.

엄마는 집에 도착한 내게 건성으로 입을 맞췄다. 아빠가 먼저 집에와 있어서 한창 무슨 이야기인가를 나누고 있었다. 아빠는 미련퉁이 오티 아저씨가 했다는 기상천외한 일을 들려주며 엄마를 즐겁게 해주고 있었다. 난 손을 씻고 식탁에 자리를 잡았다. 엄마가 내 점심을 차렸다. 슬쩍 냄새만 맡아도 내가 무척 싫어하는 빵나무 열매라는 걸 알 수 있었다. 엄마는 절대 아니라고, 그건 내 생각처럼 으깨서 라이서*로 뽑아낸 빵나무 열매가 아니라 벨기에에서 수입한 새로운 품종의 쌀이라고 했다. 그러곤 아빠와 대화를 이어갔다. 아빠가 몇 마디 하지도 않았는데 엄마는 까르르 웃어댔다. 나는 앉아서 음식을 꾸역꾸역 먹었다. 지금 내가 얼마나 참담한지 엄마가 알아채지 못하는 것이, 내게 무슨 문제가 있어 보일 때 그러듯 손을 뻗어 내 뺨을 어루만지며 위로하지 않는 것이 믿기지 않았다. 아빠가 하는 말마다 어쩌면 저렇게 신나게 웃어대는지, 아빠를 저리도 좋아하는 엄마를 보는 내 마음이 얼마나 비통한지 믿기지 않았다. 음식을 먹으면 먹을수록 빵나무 열매인 것이 확실해졌다. 내가 음식을 다 먹자 엄마가 접시를 치우려고 일어섰다. 문밖으로 나가는 엄마에게 내가 말했다. "지금 먹은 게 진짜로 뭔지 얘기해줘."

엄마가 말했다. "빵나무 열매지. 너 먹이려고 내가 쌀처럼 요리했어. 비타민이 잔뜩 들어서 몸에 아주 좋은 음식이니까." 이렇게 말하며 엄마가 웃었다. 문 안쪽과 바깥쪽으로 몸이 반반씩 걸쳐 있었다. 엄마의 몸은 집 그림자에 가려 있었지만 얼굴은 햇빛을 받아 환했다. 웃느라 크게 벌린 엄마 입속에서 크고 날카로운 흰 이가 반짝였다. 엄마가 별안간 악어가 되어버린 것만 같았다.

---

* 삶은 감자 등을 압착하여 작은 구멍 사이로 국숫발처럼 밀어내는 주방 기구.

6장

벨기에 어딘가

열다섯 살이 되던 해, 난 세상 어느 누가 그럴 수 있을까 싶을 만큼 불행했다. 새 옷을 원한다거나, 일요일 오후에 영화관에 가고 싶은데 허락을 받지 못해 느끼는 불행함이 아니었다. 기하 문제를 도저히 풀 수 없다거나 내 소중한 친구 그웬의 마음을 아프게 해서 느끼는 불행도 아니었다. 내 불행은 내면 깊숙한 곳에 존재하는 것이었고, 눈을 감으면 볼 수도 있었다. 어딘가에 자리잡고 있었다. 내 뱃속일 수도, 가슴속일 수도 있었다. 정확히 말할 수는 없지만 온통 거미줄에 뒤덮인 작은 검은색 구의 형태였다. 그것을 뚫어져라 노려보고 또 노려봐서 거미줄을 다 태워 없애고 나서 보면 그 형체는 겨우 골무만했다. 그 무게는 어마어마했지만 말이다. 내가 그 크기를 보고 무게를 느꼈던 그때, 나는 나 자신을 불쌍해하는 수준은 이미 넘어서 있었다. 그러니까 눈물을 흘린다든지 하지 않았단 뜻이다. 그저 가만히 앉아 나 자신을 바라보았을 뿐이고, 지금껏 세상에 살았던 그 누구보다 나이를 많이 먹고도 단 한 가지도 배우지 못한 사람의 심정이었다. 그렇게 한동안 앉아 있다가 그 상태에서 벗어나려고 발가락을 세어보곤 했다. 늘 똑같았다. 발가락은 열 개였다.

설령 누군가 어쩌다 그렇게 되었느냐고 물어왔어도, 나는 정확히 말하지 못했을 것이다. 안개처럼 나를 덮친 것이 분명했다. 처음에는 그저 옅은 안개일 뿐이라, 아주 또렷하지는 않아도 여전히 주변 사물을 알아볼 수 있었다. 그러다가 곧 그것이 나를 완전히 삼켜서 앞쪽으로 뻗은 내 손도 보이지 않았다. 예전에 읽었던 소설의 여자아이처럼 되었다고 상상하려 했다. 잔인한 양부모의 손에서 지독히 학대당한 여자아이나 갑자기 고아가 되어버린 여자아이. 그런 인물에 대해 읽을 때, 작가의 설정이 충분치 않다 싶으면 난 그 인물에게 더 심한 고통을 쏟아부었다. 물론 그런 인물들은 종국에는 만사가 행복하게 풀려 동반자와 함께 잔지바르나 더 먼 곳으로 배를 타고 떠났고, 그곳에서는 마음 내키는 대로 살 수 있으므로 영원히 행복했다. 하지만 난 책 속의 인물이 아니었다. 나의 내면 깊숙한 곳에는 어마어마하게 무거운 골무가 들러붙어 있었고, 머리 위로 이글거리는 태양을 오롯이 받으며 늘 그렇게 앉아 있었을 뿐이다. 예전에 내가 애정을 쏟았던 것들이 모조리 상해버렸다. 꽃이 활짝 핀 봉황목으로 이야기를 시작할 수는 있었다. 노을이 질 때면 불타는 듯한 붉은 꽃으로 우리집이 있는 거리가 활활 타는 것처럼 보였다. 난 그 광경을 보며 내가 이 지옥을 걸어서 지나가도 전혀 다치지 않을 거라 상상하곤 했다. 하지만 끝은 엄마와 나였다. 이제 우리는 정말 볼만했다.

　엄마가 어떤 일을 하는 나를 보며 내 나이 때 자신이 떠오른다고 말하면, 나는 그것을 다른 식으로 하거나 그게 잘 안 되면 엄마가 받아들이기 힘든 방식으로 했고 그 점은 엄마나 나나 익히 알았다. 그런 내 공격에 대한 엄마의 대응은 예전에 내게 특별한 의미가 있었다고 생각되는 것이라면 모두 칭찬하고 감탄하는 식이었다. 나는 비밀스러워졌고, 엄마는 내가 거짓말쟁이와 도둑이 되는 연습을 하고 있다고 말했다. 그런 자들이나 비밀이 있는 거라면서. 엄마와 나는 이내 얼굴을 두 개씩 갖게 되었다. 아빠와 세상 사람들을 향할 때의 얼굴과 우리끼리 있을 때의 얼굴. 아빠와 세상을 대할 때 우리는 비할 바 없이 공손하고 상냥하고 사랑과 웃음이 넘쳤다. 난 예전의 눈으로, 어렸을 때의 눈으로 엄마를 보았고, 엄마도 그때의 눈으로 나를 보았다. 예전처럼 내 등을 밀어주고, 내 몸 구석구석을 살피며 아무 문제 없는지 확인하는 엄마가 있었다. 엄마가 흡족해할 뭔가를 내가 훌륭하게 해냈을 때 상으로 내가 가장 좋아하는 디저트인 블랑망제를 만들어주는 엄마가 있었다. 가볍게 재채기만 해도 혹시 심각한 병이 되면 어쩌나, 폐에 좋은 장뇌 가루와 유칼립투스 잎으로 찜질을 해줘야 하는 건 아닌가 걱정하는 엄마가 있었다. 그리고 사랑과 걱정을 내비치는 엄마의 낭랑한 목소리에 마치 자장가를 듣듯 마음이 차분해지는 내가 있었다. 매일 땋았던 머리를 풀어 빗질을 하는 엄마 옆에서 검고 숱 많은 그 머리칼을 어루만지고, 그 속에 얼굴을 묻고, 엄마 머리에서 풍기는 장미유 냄새를 들이마시는 내가 있었다.

　우리가 예전의 이런 장면을 연출하는 사이, 집안에는 옛날이야기를 계속 늘어놓는 아빠의 목소리가 울렸다. 크리켓 팀의 잘나가는 타자였던 시절의 이야기라든지 팀 동료들과 함께 윈드워드제도와 리워드제도를 순회할 때 이런저런 섬에 내려 무엇을 했는지 같은 이야기들. 엄마 친구들 앞에서도 우리는 선한 얼굴을 내보였다. 난 착하고 고분고분했고, 엄마는 자기가 가르친 바른 행실 이상은 요구하지 않았다. 일요일에 예배를 보고 집으로 걸어오다가, 방금 들은 설교에 감화되어 그랬는지 팔짱을 끼고 서로 발을 맞추어 걸어올 때도 간혹 있었다.

하지만 담장 뒤에서, 닫힌 방문 뒤에서, 우리 둘만 있게 되면 만사가 암울해졌다. 그것을 어떻게 설명해야 할지는 나도 알 수 없었다. 이름 붙일 수 없는 무언가가 우리를 덮쳤고, 살면서 그 누구에게도 느낀 적 없는 사랑과 증오가 내게 솟았다. 하지만 증오라니—그게 무슨 뜻이란 말인가? 전에는 너무 미운 사람이 있으면 그냥 그 사람이 죽었으면 했다. 하지만 엄마가 죽기를 바랄 수는 없었다. 엄마가 죽으면 난 어떻게 되나? 엄마가 없는 삶은 상상할 수도 없었다. 만약 엄마가 죽으면 나도 죽어야 할 테고, 엄마가 죽는 걸 상상할 수 없는 것 이상으로 나의 죽음은 상상하기 어려우니 더 문제였다.

나는 꿈을 꾸기 시작했다. 꿈속에서 난 평탄한 흙길을 걸어내려갔다. 길 양편으로 야자수가 늘어서 있는데, 이파리가 얼마나 길게 뻗었는지 중간에서 서로 뒤엉켜서 변함없이 내리쬐는 햇빛을 가려주고 있었다. 처음 길을 걸어내려가는 내 발걸음은 재빠르고 가볍다. 걸음을 옮기는 내 머릿속에 이런 말이 맴돈다. "엄마는 기회만 생기면 날 죽일 거야. 용기만 있으면 내가 엄마를 죽일 텐데." 처음에 걸어가면서 그 말을 노래하듯 반복하는 내 목소리는 즐겁다. 마치 가볍고 재빠른 내 발걸음이 엄마에게 절대 그런 기회를 주지 않을 것임을 알려주듯. 하지만 길이 계속 이어지며 상황은 달라진다. 내 입에서 여전히 같은 말이 나오지만, 점점 느려져 서글픈 곡조가 된다. 몸도 다리도 점점 무거워진다. 엄마를 죽일 용기를 결코 낼 수 없을 테고, 내게 그럴 용기가 없으니 기회는 엄마에게 넘어가리라는 예감이 내 마음에 짙게 드리워진 듯이. 어쩌다 그렇게 되었는지 나로서도 이해할 수 없지만 여하튼 그렇게 되었다. 엄마는 꿈을 진지하게 받아들여야 한다고 했다. 꿈은 실재의 비현실적 재현이 아니라, 내 삶의 일부이고 실제 내 삶과 마찬가지라면서. 처음 이 꿈을 꿨을 때 난 엄마가 무서워졌고, 그게 너무 창피해서 엄마를 차마 똑바로 보지 못했다. 하지만 같은 꿈을 반복해서 꾸게 되자 그것은 내게 제2의 시각처럼 되었고, 소소한 일이라도 이건 엄마의 기회일까 저건 내 용기일까 꿈에 비추어 따져보았다.

학교생활에 큰 변화가 생겼다. 이제 그웬과는 같은 반이 아니었다. 난 이제 나보다 두세 살 많은 학생들과 같은 반이 되었다. 내게는 충격적인 일이었다. 같은 반 학생들은 이학년 아이들처럼 무리지어 어울리지 않았다. 의견을 주고받는 일도 없고 친구들끼리 떼밀고 당기는 일도 없었다. 오로지 좋은 성적을 얻기 위해, 선생님의 관심을 받기 위해 죽어라 경쟁했고, 하루종일 모욕적인 언사만 오고갔다. 게다가 허영은 얼마나 심한지! 머리칼이 다 제자리에 얌전히 있도록 끊임없이 머리를 매만졌다. 가방에 거울을 넣고 다니면서, 각도를 잘 맞춰 교복 뒤편의 주름이 제대로 잡혔는지 확인하는 아이도 있었다. 실제로 엉덩이를 좌우로 흔들면서 걷는 연습까지 했다. 언제나 가슴을 한껏 내밀고 다녔는데, 더 짜증나는 것은 그렇게 내밀 가슴이 정말 있다는 점이었다. 이 학생들을 가까이에서 자세히 보기 전에는, 그러니까 각자 일을 보며 이리저리 다니는 모습을 지켜보기만 했을 때에는, 본인들이 굳이 애쓰지 않아도 주변 공기가 알아서 장애물을 없애주고 길을 터주는 것이 부러웠다. 그런데 알고 보니 주변 공기가 재빨리 길을 터주는 이유는 그들과 오래 접촉하는 걸 참을 수 없기 때문이었다. 정말이지 얼마나 따분한 무리인지! 세상에서 살아가는 방식에 대해 다른 생각이라곤 없었다. 우리가 어쩌다 몸담게 된 이 세상이 얼마나 기이한 곳인지, 그런 생각은 단연코 하지 않았고.

아무래도 내가 처음 배우는 것들이라 처음에는 성적 오르는 속도가 느렸지만 곧 숙달되면서 내게 맞설 상내는 딱 한 명뿐이었다. 둘이 공동 일등일 때도 있었고, 그애가 일등, 내가 이등이거나 그 반대인 경우도 있었다. 서로 이렇게 공통점이 많았으므로 그애와 친해져보려 했지만, 얼마나 따분한 사람인지 아주 간단한 대화도 좀처럼 이어갈 수가 없었다. 게다가 너무 고리타분해서 그애 이름도 기억이 나지 않았다. 나이를 먹고 어떤 부류의 어른이 될지 빤히 보였다. 나를 슬쩍 한번 쳐다본 후 내 삶을 힘들게 하려고 온갖 노력을 다할 그런 인물. 이미 입꼬리는 처져 있었다. 자기 말고는 도대체 제대로 된 행동을 하는 사람이 없다는 걸 태어나면서부터 알고 있었다며 과시하려는 듯이, 그리고 인생 만사가 다 실망스럽고 자기 얼굴은 그걸 보여주기에 딱 맞는 얼굴이라는 것도 태어나면서부터 알았다는 듯이.

그웬과 나는 예전처럼 방과후에 함께 집으로 갔고 예전처럼 이런저런 일을 했지만, 이젠 그애를 보면서 가슴이 뛰는 일은 없었다. 그웬이 눈치채지 못하게 무척 애를 쓰긴 했지만. 마치 예전 피부 위에 새 피부가 자라, 전혀 다른 신경조직을 갖게 된 것만 같았다. 하지만 불쌍한 그 웬에게 무슨 말을 할 수 있겠는가? 어마어마한 무게의 골무와, 봉투처럼 엄마와 나를 감싸서 봉해버린 시커먼 구름을 어떻게 설명할 수 있겠는가? "너희 엄마도 너를 항상 곁눈질로 보니?" 내가 이렇게 물으면 그웬은 십중팔구 이렇게 대답할 것이다. "우리 엄마는 한꺼번에 사방을 볼 수 있는 재주가 있어." "아니, 그런 뜻이 아니라—" 이런 식으로 대화를 이어나간들 무슨 소용이 있을까? 우린 이제 같은 차원에서 살고 있지 않은 것을. 때로 예전에 어울려 다니던 아이들의 근황을 구구절절 한없이 이어가는 그웬의 목소리를 듣다보면 너무 짜증이 나서 폭발할 것 같았다. 그러다가 바로 그 목소리가 예전엔 내게 마치 음악처럼 들렸다는 사실이 떠올랐다. 이제 내 눈에는 그웬이 얼마나 좀스러워 보였는지 모른다. 누가 이런 말을 했고 누가 이런 일을 했다는 것으로만 가득찬 보따리.

어느 날 높은 울타리에 가려진 큰 주택들이 늘어선 길을 따라 함께 집으로 걸어가는데 그웬이 이런 말을 했다. 어느 일요일에 교회에서 어떤 대목을 읽어보라는 말을 듣고 내가 보인 행동에 자기 오빠 로언이 정말 큰 인상을 받았다는 것이다. 그러더니 자기 오빠에 대해 장광설을 늘어놓았고, 난 언젠가부터 그웬과 함께 있을 때 습관적으로 빠져드는 상태가 되었다. 곧 혼자 백일몽에 빠진 것이다. 내가 요즘 자주 꾸는 백일몽은 나 혼자 벨기에에서 사는 모습이었다. 무슨 책인가를 읽다가, 내가 좋아하는 소설인 『제인 에어』의 작가 샬럿 브론테가 그곳에서 한두 해를 보냈다는 사실을 알게 되어 고른 곳이었다. 또한 내 생각에 엄

마가 찾아오기 어려울 곳이기도 했다. 내게 편지를 쓰려면 엄마는 이런
식으로 주소를 써야 하겠지.

벨기에 어딘가의
애니 빅토리아 존에게

마침내 이해할 수 있게 된 책이 가득 든 가방을 메고 발목까지 오는
긴 치마를 입은 내가 벨기에의 거리를 걸어내려가는 중이었는데, 그웬
의 입에서 튀어나온 이런 말이 불현듯 귀에 들어왔다. "네가 로언 오빠
랑 결혼하면 정말 좋을 것 같아. 그러면 우리가 영원히 함께 있을 수 있
잖아."
난 곧바로 현재로 되돌아왔고, 걸음을 멈추고 잠시 가만히 서 있었
다. 곧 입이 떡 벌어지면서 온몸이 부들부들 떨리기 시작했다. 두말할
것 없이 그 말이 도저히 믿기지 않아서였지만, 그웬은 자기 말에 내가
너무 기뻐서 입이 떡 벌어지고 몸을 부들부들 떤다고 생각했으니 이
제 우리 사이에는 얼마나 커다란 간극이 놓여 있는가. "지금 뭐라고 했
어?" 내가 이렇게 묻자 그웬은 "아, 너도 좋아할 줄 알았어"라고 대답했
다. 난 완전히 외톨이가 된 심정이었다. 지구상에 달랑 혼자 남았더라
도 이보다 더하지는 않았을 것이다. 난 그웬을 빤히 보았다. 이애가 정
말 그웬인가? 그웬이 맞았다. 늘 알아왔던 바로 그 그웬이었다. 모든 것
이 제자리에 있었다. 하지만 동시에 어떤 끔찍한 일이 벌어졌는데, 정
확히 무엇인지는 나도 알 수 없었다.
내가 그웬을 피하고 웬만하면 함께 집에 가지 않으려 한 것은 그때

부터였다. 그웬이 눈치채지 못하게 조심하느라, 새로운 반에 들어가니 할일이 너무 많다거나 이런저런 일을 처리해야 한다며 사나흘에 한 번씩 핑계를 댔다. 우리는 교문까지 함께 걸어가 서로에게 입맞춤을 했고, 난 시간이 적당히 흐른 뒤에 혼자 학교를 나섰다. 어느 날 오후 난 평소와 달리 마켓 스트리트를 통과하는 길을 따라 집으로 걸어갔다. 마켓 스트리트는 온갖 상점이 줄지어 선 곳으로, 난 진열된 상품에 전혀 관심이 없으면서도 진열창 안을 유심히 들여다보며 천천히 걷고 있었다. 얼마 후에야 알았지만, 사실 내가 보고 있던 것은 유리에 비친 내 모습이었다. 둘둘 말아놓은 천 사이에, 나들이 모자와 신발, 남녀 속옷 사이에, 냄비와 프라이팬, 빗자루와 비누 사이에, 공책과 펜과 잉크 사이에, 두통약과 감기약 사이에 그저 얼쩡거리는 내 모습이 보였다. 내 모습이 온갖 물건들 사이에 있었지만 과연 그것이 내가 맞는지 알 수 없었다. 너무 낯설었으니까. 너무 큰 머리통에, 역시 커다란 두 눈이 커다란 얼굴에 자리잡고 있었다. 겁을 집어먹은 듯, 순간 휘둥그레진 눈이. 내 피부가 이렇게 검은 줄은 미처 몰랐었다. 길을 걸어가다가 누군가 창문 밖으로 쏟아부은 검댕을 다 뒤집어쓴 것 같은 검은색. 한가운데가 하얗게 불거진 여드름이 이마와 볼에 돋아 있었다. 모자 아래로 땋은 머리가 사방으로 뻗치고, 교복 블라우스 위로 가늘고 긴 목이 솟아 있었다. 나는 전체적으로 늙고 처량해 보였다. 얼마 전에 '젊은 루시퍼'라는 제목의 그림을 본 적이 있었다. 온갖 나쁜 짓을 일삼다가 막 천상에서 추방된 사탄의 모습을 묘사한 그림이었는데, 주변에 아무도 없이 홀로 발가벗은 채 검은 바위 위에 서 있었다. 방금 엄청난 화마가 휩쓸고 간 듯 주변은 온통 시커멓게 타 있었다. 피부는 거칠었고, 모든 면이 거칠었다. 머리칼은 살아 있는 뱀이었는데, 금방이라도 달려들 태세였다. 사탄은 미소를 짓고 있었지만, 금방 간파할 수 있는, 애써 아무렇지도 않은 척하는 것이 훤히 보이는 그런 미소였다. 사실은 상황이 이렇게 되어 진정 외롭고 처량한 심정이라는 것이 보였다. 나는 무척이나 변해버린 내 모습에 놀라 걸음을 멈추고 서 있다가 이런 생각이 밀려들자, 문득 나 자신이 너무 불쌍해져 당장이라도 보도에 주저앉아 울게 될 것만 같았다. 이미 짭짤하고 씁쓰름한 눈물의 맛이 느껴졌다.

정말 그러려던 참에 길 건너편에 선 네 명의 남자아이가 눈에 들어왔다. 나를 쳐다보고는 빅토리아시대 신사 흉내를 내듯이 허리 숙여 절을 하며 과장된 투로 이렇게 말했다. "안녕하신가요, 부인. 오늘은 기분이 어떠신지?" "이렇게 우연히 만나다니 참으로 유쾌한 일이군요." "이렇게 다시 만난 게 얼마만인지요." "아, 태양, 오로지 당신만을 비추고 또 비추죠." 그런 말을 내뱉고는 배를 쥐고 깔깔 웃어댔다. 지금까지 이런 일을 당한 적은 한 번도 없었지만, 난 그것이 악의에 찬 행동이고, 길에 혼자 서 있었을 뿐 내가 그런 일을 당할 까닭이 없다는 사실을 곧 깨달았다. 그 아이들은 나보다 나이가 많았고, 입고 있는 교복으로 보건대 우리 학교와 같은 재단의 남학교 학생들이었다. 난 그 얼굴들을 바라보았다. 첫번째 얼굴은 모르는 얼굴, 두번째 얼굴도 모르는 얼굴, 세번째 얼굴도 모르는 얼굴, 하지만 네번째 얼굴은 본 적이 있었다. 아주 어릴 적 기억에 있는 얼굴이었다. 오래전, 우리가 아주 어렸을 때 엄마들끼리 아주 친해서 우리도 종종 함께 놀았다. 그 아이의 이름은 미뉴였고, 나보다 세 살이나 많은 그가 나와 놀아주는 게 기뻤다. 물론 무슨 놀이를 하건 내겐 언제나 사소한 역할을 맡겼다. 기사와 용 놀이를 하면 내가 용이었다. 아프리카를 발견하는 놀이를 하면 그애가 아프리카를 발견하는 사람이 되었다. 동시에 그에 맞서는 미개인 부족의 족장도 그애가 했고, 난 졸개 노릇을 했다. 그것도 별로 똑똑하지도 않은 졸개. 돌아온 탕자 놀이를 하면 그애가 돌아온 탕자와 탕자의 아버지와 시기심에 찬 형 역할을 다 했고, 난 그저 이런저런 걸 갖다주는 사람이었다.

한번은 함께 역할놀이를 하다가 끔찍한 일이 일어났다. 당시에 어떤 남자가 자기 여자친구와 자신의 절친한 친구가 술집에서 함께 술을 마시는 것을 보고 둘 다 죽인 사건이 있었다. 그의 몸이 두 사람의 피로 피칠갑이 되었다. 두 사람을 죽일 때 썼던 단검을 손에 들고 그는 1마일쯤 떨어진 경찰서까지 걸어갔다. 술집에 있던 손님들과, 가는 도중에 합세한 사람들도 함께였다. 두 사람을 살해한 이 사건은 단박에 엄청난 스캔들이 되었고, 그해에 유행한 칼립소 노래들은 전부 이 사건을 소재로 했다. 살인범이 유서 깊고 부유하고 훌륭한 가문 사람이라 엄청난 스캔들이 되었던 것인데, 그가 과연 보통의 살인범처럼 교수형에 처해질지 다들 궁금해했다. 다들 죽은 여자를 잘 알았고, 그러잖아도 그 여자에게 무슨 사달이 날 거라고 생각해왔기에 또한 스캔들이었다. 곧 이 사건과 관련된 것은 전부 구경거리가 되었다. 살해된 남녀의 장례날, 거리에 늘어서 있던 사람들이 교회에서 묘지로 향하는 운구 행렬을 뒤따랐다. 살인범의 재판일에도 법정은 늘 만원이었다. 판사가 피고에게 교수형을 내리자 법정에 있던 사람들 모두 깜짝 놀라 헉 소리를 냈다. 교수형이 있던 날 아침, 감옥 바깥에 사람들이 구름처럼 몰렸고, 교수형이 끝났음을 알리는 감옥의 교회 종이 울릴 때까지 다들 서서 기다렸다. 미뉴와 나는 부모님들이 이 사건을 두고 하는 이야기를 수없이 주워들었고, 곧 미뉴는 그것으로 놀이를 만들었다. 늘 그랬듯 미뉴가 중요한 역할은 다 맡았다. 죽임을 당한 남자와 살인범을 혼자 왔다갔다 하며 다 맡았다. 여자친구는 대사가 없었다. 사건이 법정으로 가고 난 뒤에는 판사와 배심원과 검사, 그리고 피고인석에 앉은 피고인까지 다 했다. 판사를 한답시고 판사 가발 대신 걸레를 머리에 뒤집어쓰고 자기 자신에게 선고하는 그애를 쳐다보고 있자니 그렇게 우스꽝스러울 수가 없었다. 술 취한 사형집행인이 되었다가 다시 자기 목을 매다는 그애를 바라보는 일만큼 우스꽝스러운 일도 없었다. 그리고 교수형이 다 끝나면, 살인범 엄마 역할인 나는 땅바닥에 놓인 시체 위에 몸을 던지고 울었다. 그러고는 일어서서 전체를 다시 반복했다. 마지막 장면을 끝내자마자 다시 미뉴는 술집으로 되돌아가 자기 자신과 여자친구와 말다툼을 하고 재빠른 몇 번의 행동으로 그 모두를 끝냈다. 우리는 세세한 부분까지 진짜로 벌어졌다고 상상한 상황과 비슷하게 맞추려고 언제나 공을 들였다. 그래서 굳이 낡은 가구를 구해서 판사석 책상과 배심원단 좌석으로 사용했고, 판사석 정면에 돌을 놓아 관중들의 자리와 관중들을 표현했다. 교수형 장면도 진짜처럼 만들고 싶었고, 미뉴는 밧줄을 구해와 자기네 집 대문의 맨 위 가로대에 묶고는 끝에 올가미를 만들어 거기에 머리를 넣었다. 올가미가 목에 걸리면 그 위쪽의 밧줄을 앞뒤로 흔들어 교수형이 끝났고 살인범은 죽었다는 것을 나타냈다. 그러다가 끔찍한 일이 일어날 뻔했고, 우리가 함께 노는 일도 그렇게 끝이 났다. 우리는 평소처럼 놀고 있었고, 교수형 부분에 이르렀다. 그애가 땅에서 몸을 떼는 순간 올가미가 조여졌다. 올가미를 풀려고 밧줄에서 손을 떼자 상황은 더 심각해져서 올가미가 더 조여왔다. 숨이 막혀 입이 벌어지고 혀가 밖으로 늘어지기 시작했다. 대문 가로대에 매달린 몸이 앞뒤로 흔들렸고, 흔들리면서 대문에 쿵하고 부딪혀 마치 일부러 줄에 매달려 대문을 차는 듯한 소리가 났다. 어른들이 늘 우리에게 하지 말라고 주의를 주던 행동이었다. 일이 이렇게 되는 동안 나는 그냥 그 자리에 선 채 빤히 보고만 있었다. 집안에 들어가 도움을 청해야 한다는 것을 분명 알았지만 꼼짝도 할 수 없었다. 쿵, 쿵, 소리가 이어졌고, 곧 그애 엄마가 바깥을 향해 소리질렀다. "얘들아, 대문 가지고 그러지 마." 그래도 소리가 그치지 않자, 도대체 말을 듣지 않는 우리 때문에 열불이 난 그애 엄마가 밖으로 나왔다. 그리고 우리를 향해 버럭 소리를 지르려는 순간 목에 줄을 매고 대문에서 대롱거리는 아들이 눈에 들어왔다. 그애 엄마는 비명을 지르며 그쪽으로 달려갔고, 도와달라며 이웃을 불렀고, 그 이웃이 바로 단검을 들고 달려와 미뉴의 목에서 밧줄을 끊어냈다. 그애 엄마가 달려오며 비명을 지르자 그제야 나 역시 비명이 터져나왔고, 그애 엄마와 함께 그애 쪽으로 달려갔고, 그애가 땅에 내려졌을 때 함께 그 위에 몸을 던져 울었다. 내가 도움을 요청하지 않은 일을 두고 말들이 많았고, 그애 엄마가 집에 없었으면 어쩔 뻔했냐고들 했다. 나도 내 행동을 어떻게 이해해야 할지 몰랐고, 다들 내게 해명을 해보라고 채근했지만 할 수가 없었다. 엄마조차 내 행동을 부끄러워한다는 걸 알 수 있었다.

길 건너 미뉴의 얼굴을 보면서 내게 떠오른 일이 이거였다. 그래서 난 길을 건너가서 내가 할 수 있는 가장 얌전한 숙녀의 말투로 이렇게 말했다. "안녕, 미뉴. 이렇게 만나니 반가워. 나 기억 안 나?" 만나서 기쁘다는 건 사실이었다. 예전에 함께 놀았던 일이 떠오르자, 그때 내가 참 행복했고, 엄마는 물론 다들 날 참 귀여워했으며, 다들 나를 보면서 "어쩜 예쁘기도 하지!" 이렇게 말하던 것이 새삼 떠올랐기 때문이다.

미뉴는 처음에는 그저 날 빤히 보기만 하더니 곧 이렇게 말했다. "아, 그래. 애니구나. 애니 존. 기억하지. 네가 엄청 컸다는 말은 들었는데." 그애는 이렇게 말하며 내가 내민 손을 잡고 흔들었다. 그애 친구들은 약간 거리를 두고 한쪽에 모여 서 있었다. 남자애들에게서 흔히 보는 우스꽝스러운 모습으로. 다리를 꼬고 손은 주머니 깊숙이 찔러넣고 눈으로 상대를 위아래로 훑으면서. 서로의 귀에 대고 뭐라고 속닥거리더니 신이 나서 어깨를 들썩거렸다. 나를 두고 그러는 것이리라 짐작만 할 수 있었다. 미뉴는 나와 아는 사이니까 저들과 똑같이 굴진 않겠지, 나는 그렇게 생각했다. 하지만 더 할말을 찾지 못해 그냥 서로 마주보며 서 있는 사이, 그애가 다 안다는 듯이 빙그레 웃으며 친구들에게 곁눈질을 하고는 다시 진지한 표정으로 내 쪽을 바라보는 것이 보였다.

나는 그들의 놀림감이 되었다는 걸 알고 창피해져 이렇게 말했다. "그럼, 잘 가." 그리고 다시 손을 내밀었다.

멀어지는 그애와 친구들의 등이 웃느라 들썩거렸다. 당연히 날 비웃는 거였다. 그 모습을 보고 있자니 바로 그 자리에서 그 아이들을 콘크리트블록으로 만들어버리고 싶었다. 그러면 뒤에서 걸어가던 사람으로선 조금 전까지 남자아이들 네 명의 뒤를 걷고 있다가 다음 순간 콘크리트블록에 걸려 넘어지지 않으려 조심해야겠지만. 이 일이 벌어지는 내내 미뉴가 매정했다는 생각이 들었고, 예전에 있었던 또다른 일이 떠올랐다. 둘이 마지막으로 함께 논 날이었다. 우리는 그 자리에서 어떤 놀이를 만들어냈고, 난 옷을 홀랑 벗은 채 미뉴를 따라 나무 아래 한 지점으로 갔다. 미뉴가 다음에 뭘 할지 알려줄 때까지 난 거기 가만히 앉아 있었다. 얼마 지나지 않아 그애가 정해준 장소가 불개미 집이었다는 것을 깨달았다. 곧 화가 난 개미들이 내 온몸으로 기어올랐고, 은밀한 곳까지 물기 시작했다. 난 엉엉 울면서 손으로 몸을 긁어대며 개미를 떼어내려 했다. 그애는 배를 잡고 데굴데굴 구르며 웃어댔고, 너무 신이 나서 허공에 발을 차기도 했다. 그애 엄마는 자기 아들이 나쁜 짓을 했다고 인정할 마음이 없었고, 그후 엄마는 두 번 다시 그애 엄마와 말을 섞지 않았다.

난 감리교 교회(내가 다니는 교회) 마당을 가로질러 집으로 걸어갔다. 서로를 쫓는 도마뱀 두 마리 말고는, 외부의 그 무엇도 의식하지 못했다. 하지만 내면에서는 어마어마하게 무거운 골무가 빙글빙글 돌았다. 빙글빙글 돌면서 내 심장을, 가슴을, 위장을 부딪고 지나갔고, 그것이 닿는 자리는 어디든 불에 타는 듯했다. 빨리 집에 돌아가는 게 좋을 것 같았다. 나 자신이 번갈아가며 너무 커졌다 너무 작아졌다 했기 때문이다. 처음에는 너무 커져서 길을 다 차지하는가 싶더니 그다음엔 너무 작아져서 누구의 눈에도 띄지 않았다. 아무리 목청껏 소리를 질러도.

우리집 앞마당으로 들어서니 부엌에 선 엄마가 보였다. 나를 등진 채 허리를 굽히고 껍질 벗긴 초록 무화과를 그릇에 담고 있었다. 난 엄마에게 다가가 이렇게 말했다. "엄마, 나 학교 다녀왔어."

엄마가 몸을 돌려 나를 보았다. 우리가 서로를 바라보는 사이 내 몸에서 나온 무시무시한 검은 존재를 맞으려 무시무시한 검은 존재가 엄마의 몸에서 나오는 게 보였다. 두 존재가 중간에서 만나 서로를 끌어안았다. 이제 뭐가 어떻게 되려나. 내가 속으로 물었다. 엄마는 이렇게 말했다. "늦었구나. 무슨 평계를 대려는지 들어보고 싶네." 흡사 이런 말투였다. 넌 내가 전혀 모르는 사람일 뿐 아니라 누군지 알고 싶지도 않아.

난 학교에 남아서 공부를 좀더 하느라 늦었다고 대답했다. 엄마 못지않은 말투를 쓰려 했지만 어림없었다. 그리고 내가 공부를 아주 열심히 하면 열여섯 살 생일 즈음에 최종 시험을 치르고 졸업할 수 있을 거라는 선생님의 말씀을 덧붙였다.

그런 이야기를 늘어놓을 줄 뻔히 알았다는 듯이 엄마가 말했다. "내가 다시 물어보면 이번엔 바른대로 대답하겠니?" 난 미약하게나마 항변을 하려 했는데, 곧바로 엄마는 단숨에 이런 말을 쏟아냈다. 그날 오후 내 나들이옷에 달 단추를 사려고 가게 안에 서 있다가 고개를 들어보니, 남자아이들 네 명 앞에 서서 사람들 구경거리가 된 내 모습이 보였다는 것이다. 이어서 말하길, 남자아이들과 이야기할 때 어떤 태도가 적절한지 지금껏 귀에 못이 박히도록 일러줬는데, 내가 '난잡한 여자'(다만 엄마는 영어가 아닌 프랑스 방언으로 표현했다)처럼 처신하는 걸 보고 정말 괴로웠고, 그런 내 모습을 보는 것만으로도 창피스러웠다고 했다.

'난잡한 여자'라는 말이 (방언으로) 몇 번이고 튀어나왔고, 난 문득 우물에 빠져 죽어가는 기분이었다. 그 우물은 물이 아닌 '난잡한 여자'라는 말로 가득차 있어 그것이 내 눈으로, 귀로, 코로, 입으로 마구 밀

려들어왔다. 내 목숨을 구해야겠다 싶어 난 엄마를 똑바로 바라보며
이렇게 말했다. "뭐, 그 아버지에 그 아들이라니까, 그 엄마에 그 딸이
겠지."

그와 함께 주변의 모든 것이 정지했다. 지상의 모든 것이 숨을 죽였
다. 방 한가운데에 함께 붙어 있던 두 개의 검은 존재가 서로에게서 떨
어져나와, 엄마의 것은 엄마에게로, 내 것은 내게로 돌아왔다. 난 엄마
를 쳐다보았다. 엄마는 피로하고 늙고 쇠약해 보였다. 그 모습에 난 기
분이 좋았지만 또한 서글프기도 했다. 곧 나는 기분좋은 편이 낫겠다고
결정했고, 그 감정을 막 즐기려는 찰나 엄마가 이렇게 말했다. "엄마는
평생 한결같이 너를 가장 사랑했다고 굳게 믿었어. 지금 이 순간까지
는." 그러더니 몸을 돌려 다시 초록 무화과를 손질하기 시작했다.

이제 등을 돌리고 있는 그 모습을 보니, 엄마는 전혀 피로하지도 늙
지도 쇠약하지도 않았다. 평소와 다름없이 머리핀으로 멋지게 머리를
틀어올려, 아름다운 목덜미가 드러나 있었다. 구부린 등은 유연하면서
동시에 강인했고, 나는 예전처럼 그 등에 내 온몸을 기댄 채 쉬고 싶었
다. 긴 치마 속 다리는 아름답고 탄탄했고, 아름다운 뒤꿈치가 드러나
는 신발을 신고 있었다. 피로하고 늙고 쇠약한 것은 나였다. 원기왕성
하고 젊고 온전한 엄마를 보고 있자니, 엄마에게 다가가 그 몸에 팔을
두르고 방금 한 말에 대해 용서를 구하고 싶었다. 그런 뜻이 아니었다
고 해명하고 싶었다. 하지만 움직일 수가 없었다. 아래를 내려다보니
마치 우리 둘 사이의 땅이 꺼지며 깊고 넓은 협곡이 생긴 듯했다. 이 협
곡 한편에 냄비 위로 몸을 숙이고 내 저녁을 준비하는 엄마가 서 있었
다. 다른 한편에는 교과서를 품에 안은 내가, 어마어마한 무게의 골무

에 내면을 짓눌리는 내가 서 있었다.

교복을 벗으려고 방으로 들어가 그저 침대에 걸터앉아 이제 난 어떻게 되는 걸까 생각했다. 앉아서 주변의 물건을 둘러보았다. 아빠가 날 위해 소나무로 만들어준 세면대가 있었다. 세면대 위에는 법랑 재질의 세면기가 놓여 있고, 그와 짝을 이루는 단지는 물이 가득 담긴 채 아래쪽에 놓여 있었다. 아빠가 나를 위해 소나무로 짜준 서랍장이 있었고, 그 안에는 옷이 들어 있었다. 아빠가 나를 위해 소나무로 만들어준 책장에는 내 책이 꽂혀 있었다. 내가 지금 앉아 있는 이 침대도 아빠가 나를 위해 소나무로 만들어준 것이다. 짝을 이루는 작은 책상과 의자가 있어서, 난 거기 앉아 책도 읽고 숙제도 했다. 그것도 아빠가 나를 위해 소나무로 만들어준 것이다. 가구를 만들 목재를 살 때면 아빠는 늘 적재장에 나를 데리고 갔다. 그래서 난 아빠가 어떤 목재를 살지 결정하기에 앞서 하나하나 아주 꼼꼼히 살피는 모습을 볼 수 있었다. 아빠는 목재를 아빠 코 밑에 댔다가 다시 내 코 밑에 대주면서 이렇게 말하곤 했다. "좋은 소나무에 비길 목재는 없어. 좋은 마호가니라면 모를까." 그러고 나면 나는 가구가 완성되어 내 방에 놓이기 전까지는 제작중인 가구를 절대 볼 수 없었다. 날 깜짝 놀라게 해줄 요량으로 나 모르게 가구를 놓아두었고, 그러면 난 아빠에게 이렇게 말하곤 했다. "내게 새 의자가 생겼네." 그러면 아빠도 "네게 새 의자가 생겼구나" 하고 말했다. 난 아빠를 끌어안고 아빠 볼에 입을 맞췄고 아빠는 내 이마에 입을 맞췄다. 예전에는 내 이마에 입을 맞추려면 아빠가 몸을 숙여야 했다. 하지만 그 전해에 내 키가 엄청나게 자라서, 아빠가 내 이마에 입맞출 수 있게 내가 몸을 숙여야 했다. 엄마가 아빠보다 컸다. 이제 나도 아빠보다 컸다. 사실 난 엄마만큼 컸다. 엄마와 말을 할 때면 서로 시선이 맞았다. 시선이 맞다. 그런 생각이 떠오른 건 그때가 처음이었다. 엄마와 내 시선이 맞다. 그 생각에 잠시 행복했는데 곧 이런 깨달음이 찾아왔다. 그게 다 무슨 상관이람? 저 사람은 내 엄마인 애니. 난 엄마 딸인 애니. 그래서 엄마와 아빠가 날 꼬마 아가씨라고 불렀던 거다.

난 침대에 앉아 다리를 흔들며 이런 생각을 하고 있었다. 얼마 지나고서야 흔들거리는 내 다리가 침대 아래 넣어둔 트렁크에 부딪히는 걸 깨달았다. 지금의 나보다 한 살 많은 열여섯 살 때 엄마가 샀던 트렁크였다. 엄마는 그 안에 가진 짐을 다 넣은 뒤, 도미니카의 부모님 집을 떠난 정도가 아니라 아예 도미니카를 떠나 앤티가로 왔다. 엄마가 원하는 대로 독립하여 혼자 살 것인지, 엄마의 아빠 뜻대로 계속 부모님 집에서 살 것인지, 그 문제로 엄마의 아빠와 대판 싸운 뒤였다. 엄마의 엄마는 같은 집에 살면서도 엄마의 아빠와 말을 섞지 않은 지 오래였으므로 그에 대해 가타부타 말이 없었다. 엄마는 자기 아빠와 대판 싸웠고, 엄마가 그 내막을 소상히 얘기해준 적은 없지만, 난 얻어들은 이야기를 평소 내 방식대로 이리저리 대강 짜맞췄다. 이제 이 트렁크 안에는 내 삶의 모든 것이 각 단계별로 담겨 있었고, 내가 어떻게 살았는지 전혀 알지 못하는 사람이 보더라도 나에 대해 상당히 잘 알 수 있을 정도였다. 내 발뒤꿈치가 트렁크를 칠 때마다 내 가슴이 무너져내렸고, 난 울고 또 울었다. 그 순간 난 상상할 수 없을 정도로 엄마가 그리웠고, 어딘가 조용하고 아름다운 곳에서 엄마와 단둘이 살고 싶었다. 하지만 또한 엄마가 죽어버려 완전히 쪼글쪼글해진 모습으로 관 속에 누워 내 발치에 놓여 있는 걸 보고 싶기도 했다.

그 순간은 곧 지나갔다. 옷을 갈아입고 오후에 해야 할 집안일이 있었으므로 난 침대에서 일어났다. 엄마와 난 서로를 피했고, 코코넛우유에 생선과 함께 요리한 초록 무화과가 놓인 저녁 식탁 앞에서야 다시 서로를 마주보았다. 아빠 앞이라 아무렇지도 않은 듯 행동하려 애썼지만 우리의 검은 존재가 우리보다 힘이 세서, 딱히 알아챌 만한 말이 오가지 않았음에도 뭔가 어긋나 있는 건 분명했다. 아마 우리 기분을 풀어주고 싶었는지 아빠는 엄마가 오랫동안 원했던 가구를 드디어 만들어주겠다고 말했다. 사실 그 때문에 두 사람 사이에 분란이 있었다. 그 말에 엄마는 어정쩡하게 점잖은 미소를 지었다. 그런 다음 아빠는 나를 보며 원하는 것이 있느냐고 물었다.

미처 생각하기도 전에 내 입에서 이런 말이 나왔다. "트렁크."

"하지만 트렁크는 있잖아. 엄마 트렁크 말이야."

"그렇긴 한데, 내 트렁크를 갖고 싶어." 내가 대답했다.

"좋아. 우리 딸이 트렁크를 원한다면 만들어줘야지." 아빠가 말했다.

난 곁눈질로 엄마를 살폈다. 다시 반대쪽을 곁눈질하니 불빛을 받아 벽에 드리워진 엄마의 그림자가 보였다. 커다랗고 견고한 그림자였고, 얼마나 엄마를 똑 닮았는지 덜컥 겁이 났다. 앞으로 사는 동안 어떤 게 진짜 엄마고 어떤 게 세상과 나 사이를 가로막고 선 엄마의 그림자인지 구분할 자신이 없었기 때문이다.

7장
오래 계속된 비

몸이 안 좋아서 학교에 갈 수 없다는 결론이 나기 며칠 전부터 난 어디를 다니건 금방이라도 그 자리에 쓰러져버릴 것처럼 기운이 없었다. 책상에 머리를 얹으면 바로 잠에 빠졌다. 걸어서 통학하는 일만으로도 너무 기운이 빠져서 고물 자동차처럼 느릿느릿 움직였다. 어디 안 좋은 데가 있는 것 같진 않았다. 열도 없었고 위장이 뒤집어질 것 같은 느낌도 없었다. 식욕이 없었지만 그건 평소에도 늘 그랬다. 엄마가 내 눈꺼풀을 이리저리 까뒤집어봤지만 담즙 과다의 징후는 없었다. 그래도 어쨌든 난 평소처럼 생활할 몸 상태가 아니라서 침대에 누워 지내야 했다.

일 년이 다 되도록 비 한 방울 내리지 않았다. 특이한 일도 아니었다. 가뭄은 워낙 우리 삶의 커다란 부분이라 그걸 두고 이러쿵저러쿵하는 사람도 없었다. 그러더니 일주일 내내 시커먼 구름이 하늘을 덮었다. 먹구름이 생겼다고 바로 비가 내리지는 않았지만, 어느 날엔가 빗방울이 떨어지기 시작했다. 처음에는 얼굴과 손과 발을 찌르듯이 성가시게 떨어졌다. 며칠 그런 식이더니 난데없이 비가 억수같이 쏟아졌다. 그렇게 석 달 넘게 비가 내렸다. 그 비가 그칠 무렵엔 해수면이 높아져 육지였던 곳까지 바닷물이 밀려와 게들이 돌아다녔다. 사람들의 말과 달리 해수면은 예전 높이로 돌아가지 않았고, 지금 바닷물에 잠긴 곳에 예전에는 무엇이 있었는지 떠올리는 것만으로 좋은 이야깃거리가 되었다.

난 내 작은 방안 소나무 침대에 누워 있었다. 내가 아파 누운 뒤로 침대에는 일요일용 침대보가 깔려 있었다. 난 등을 대고 누워 천장을 뚫어지게 보았다. 빗줄기가 아연을 씌운 지붕을 때리는 소리가 늘렸다. 지붕에 떨어지는 빗소리가 침대에 누운 나를 점점 세게 후려치고 내리눌러, 베개에서 머리를 드는 것에 내 목숨이 걸려 있다 한들 꼼짝할 수 없었다. 엄마와 아빠는 때로는 함께, 때로는 따로 와서 침대 발치에서 날 내려다봤다. 서로 말을 나누었다. 무슨 말인지 들리지는 않았지만, 입에서 말이 나오는 게 눈에 보였다. 말이 허공을 가로질러 내 쪽으로 왔는데, 내 귀에 다 왔다 싶으면 마룻바닥으로 뚝 떨어져 죽어버렸다. 아마 아빠는 내가 학교에서 공부를 너무 많이 해서, 너무 빨리 진급을 하다보니 무리하게 된 거라고 말했을 것이다. 아마 엄마는 그 말에 동의하면서도, 혹시 모르니 도미니카 출신의 주술사 마 졸리에게 연락해봐야겠다고 말했을 것이다. 마 졸리는 여전히 도미니카에 살고 있는 엄마의 엄마인 마 체스가 소개해준 사람으로 우리집에서 멀지 않은 곳에 살고 있었다. 마 졸리를 불러야겠다는 말에 아빠는 이렇게 대답했을 것이다. "그렇게 해, 하지만 난 빠질게. 내가 집에 없을 때 부르지."

어느 날 오후 엄마와 아빠는 비를 뚫고 날 의사에게 데리고 갔다. 아빠가 나를 업었고 엄마는 고개를 숙이고 그 옆에서 걸었다. 스티븐스라는 이름의 영국 출신 의사는 엄마와 마찬가지로 세균과 기생충과 질병 일반을 타기하는 인물이라서, 엄마는 의사에게 알려줄 무슨 조짐이 없는지 늘 나와 아빠를 열심히 살폈다. 내 몸에서 십이지장충이 확인되었을 때 스티븐스 선생님과 엄마는 어떻게 그게 내 몸에 들어왔을지 여러 경로를 토의한 끝에 맨발로 돌아다니는 나의 나쁜 습관—그걸로 심하게 꾸지람했는데도—때문이라고 결론을 내렸다. 우리 몸의 어디어디에 세균이 달라붙을 수 있는지 의사에게서 들은 후, 엄마는 토요일마다 내 손톱을 잘랐다. 이제 스티븐스 선생님이 내 몸 여기저기를 찔러보고 심장과 폐 소리를 들어보고 맥박과 체온을 재고 내 눈과 귓속을 들여다보며, 머리끝에서 발끝까지 샅샅이 살펴보았다. 결국 아마 과로로 약간 지쳐 있을 수 있으나, 딱히 어디 문제가 있는 것 같지는 않다고 했다. 엄마가 혼잣말처럼 "어떻게 그럴 수가 있지"라고 했고, 스티븐스 선생님에게 내가 식사를 제대로 할 수 있도록 더욱 신경쓰겠다고 말했다. 곰국과 보리차를 더 먹이고, 비타민 섭취도 충분히 하도록 하고, 계란과 우유도 더 먹이고, 무엇이 되었건 내 증상이 사라질 때까지 침대에서 쉬게 하겠다고 했다.

집으로 돌아올 때도 여전히 비가 내렸다. 땅바닥에 부딪는 거대한 빗방울은 보였지만 소리는 들리지 않았다. 거리는 텅 비어 있었다. 다들 비를 피해 들어가 있었다. 난 아빠 어깨에 머리를 기대고 두 팔로 아빠 목을 단단히 감쌌다. 나를 업고 그렇게 먼 거리를 오느라 거칠게 몰

아쉬는 아빠의 숨이 느껴졌다. 아빠는 간간이 고개를 돌려 엄마에게 무슨 말인가를 했지만 난 그 말을 알아들을 수 없었다.

집에 도착하자 엄마는 내 옷을 벗기고 날 침대에 눕혔다. 그러고는 계란 흰자에 럼주를 두 숟가락 넣은 음료를 들고 왔다. 난 계란과 럼주를 섞은 이 음료 맛에 워낙 질색을 해서 평소라면 엄마가 한참을 구슬려야 겨우 마셨지만, 지금은 아무 맛도 느낄 수 없었기에 술술 넘겼다. 아빠가 들어와 나를 보고 말했다. "그래서 꼬마 아가씨, 어때? 흠." 난 아빠가 입을 열기 전에 벌써 그 말이 나올 거라 예상했다. 아빠의 말이 내게 와닿을 때 '그래서'가 '꼬마'보다 더 컸고, '아가씨'가 '어때'보다 컸고, '흠'은 그 모든 단어를 다 뭉친 것보다 컸다. 그러더니 말소리가 다 같이 내 귀에서 앞뒤로 흔들흔들했고, 그 모습이 그림처럼 내 눈에 보였다. 그것은 바다의 어떤 벽에 거대한 파도가 철썩이며 끊임없이 부딪히는 모습이었고, 내가 저멀리 무게 없이 존재하는 느낌이었다. 지붕을 때리는 빗소리는 여전했고, 여전히 핀처럼 내 몸을 내리찍었다. 난 내 머릿속을 들여다보았다. 검은 존재가 그 안에 누워서, 지금까지 내게 있었던 일을 하나도 기억하지 못하게 가로막았다. 십오 년을 사는 동안 숱한 일이 있었다는 건 알지만, 지금은 하나도 정확히 짚어낼 수가 없었다. 잠이 들면 두개골 뒤쪽을 제외하고 몸 어디에도 감각이 없었다. 두개골 뒤쪽이 쩍 벌어져 거대한 붉은 불꽃이 뿜어져나오는 느낌이었다. 난 검댕이 잔뜩 떠다니는 후끈한 공기를 뚫고 바다를 향해 걸어가는 꿈을 꾸었다. 해안에 도착하여 바닷물을 꿀꺽꿀꺽 들이켜기 시작했다. 너무 목이 타서였다. 마시고 또 마셔 마침내 바닷물이 다 말라 밑바닥이 그대로 드러났다. 마신 바닷물이 머리부터 발끝까지 내 몸을 가득 채웠고, 내 몸집이 거대하게 불어났다. 하지만 그때 내 몸에 작은 틈이 생기며 물이 흘러나오기 시작했다. 처음에는 틈새에서 조금씩 새어나와 똑똑 떨어졌지만 곧 이곳저곳이 터지며 요란하게 쏟아져나왔다. 물은 흘러가서 다시 바다를 이루었고, 난 다시 후끈한 검댕 공기 속을 뚫고 걸었다. 단지 이번에는 홀딱 젖은 채 너덜너덜한 옷을 입고 정처 없이 걸었을 뿐.

잠에서 깨어보니 내가 잠들 때 입었던 것과 다른 잠옷을 입고 아빠 무릎에 앉아 있었다. 잠옷을 입은 엄마가 내 침대 위로 몸을 숙인 채 침대보를 갈고 있었다. 내가 무슨 일이냐고 물었는지, 아빠가 이렇게 말했다. "다 젖었어, 꼬마 아가씨. 다 젖었어." 아빠는 속옷만 입고 있었는데, 난 그즈음엔 아빠 속옷을 주름지지 않게 다리는 법을 잘 알았다. 아빠 옷에서는 전날 흘린 땀냄새가 났다. 접힌 잠옷 사이로 아빠의 다리털이 느껴졌다. 아빠 다리에 대고 내 다리를 앞뒤로 움직이면 목재를 솔로 문지르는 것처럼 쉭쉭 소리가 났다. 좋으면서도 두렵기도 한 묘한 느낌이 내 몸을 관통해 몸이 부르르 떨렸다. 그러자 아빠는 내가 추워서 그러는 줄 알고 나를 더 꼭 안았다. 아빠는 전날 입었던 옷을 그대로 입고 자는 법이 절대 없어서 아플 때가 아니면 항상 발가벗고 잠을 잔다는 사실이 내 머리에 떠올랐다. 어째서인지는 알 수 없지만, 그 생각이 내 머릿속에 박혔다.

침대보 정리를 끝낸 엄마가 몸을 굽혀 아빠 무릎에 앉은 나를 들어올렸다. 아빠 엄마는 열다섯 살이나 먹은 나를 신생아 다루듯 했다. 침대에 누워 날 내려다보는 두 사람을 보았다. 빗소리는 들리지 않았지만 여전히 비가 오고 있다는 걸 알았다. 아빠 엄마는 무슨 말인가를 주고

받았지만, 난 그 말을 알아들을 수 없었다.

아침에 눈을 떠보니 (전등이 아니라 커다란 흰색 양초를 켜놓았으므로 아침이란 걸 알았다) 엄마가 침대 발치에 앉아 있었다. 머리를 갸웃한 채 근심스러운 표정을 짓고 있었다. 내가 바라보는 걸 알아채고는 내게 미소를 지어 보였다. "오늘은 기분이 좀 어때, 꼬마 아가씨?" "잘 잤어?" 이렇게 물었다. 확신할 수는 없지만 난 엄마가 좋아할 만한 대답을 했을 것이다. 엄마가 고개를 주억거리며 "잘됐네"라고 한 걸 보면. 엄마는 날 위해 세면대에 놓인 세면기에 물과 비누를 준비해두었고, 내가 양치하고 세수하는 걸 도와주었다. 머리를 빗기려고 했지만, 내가 소리를 지른 게 분명했다. 그냥 땋은 머리를 어루만지고는 내 머리에 입을 맞추었으니까. 베개를 몇 개 겹쳐 등뒤를 받친 뒤 빵 세 조각이 놓인 쟁반을 내 무릎에 올려놓았다. 빵에는 간 체다 치즈와 계란과 버터를 섞어 만든 치즈 스프레드가 발려 있었다. 크림을 제거하지 않은 우유로 만든 초콜릿 음료도 있었다. 치즈 스프레드를 바른 빵과 초콜릿 우유(이 초콜릿은 외할머니 마 체스가 보내준 것이다. 할머니는 카카오를 키워서 그 열매로 직접 모든 과정을 거쳐 초콜릿을 만들었다. 그리고 그 초콜릿을 육두구 씨를 비롯한 향료와 커피, 아몬드와 함께 큰 상자에 넣어 보냈다)는 내가 세상에서 가장 좋아하는 서너 가지 음식에 든다. 그런데 지금 그것을 눈앞에 두고도 난 내가 살면서 언젠가 그 음식을 좋아했고, 대개 화요일에 브라우니* 모임을 끝내고 집에 오면

---

* 걸가이드 내 7세부터 10세 단원들의 조직명.

엄마가 저녁으로 주던 음식이라는 것만 알 수 있었다.

내 몸 바깥에 '브라우니'라는 단어가 나타나더니 바로 눈앞에서 대롱거렸다. 내 몸안으로는 머리에 박힌 검은 존재가 납덩이처럼 점점 더 무거워졌다. 마치 바닥에 떨어져 깨어지듯 검은 존재에서 조각이 떨어져나가면서 대신 그 자리에 작은 노란 불빛이 생겨났다. 노란 불빛 속에서 난 브라우니였다. 작은 장난감 브라우니. 자그마했지만 어쨌든 나였다. 사실 난 브라우니 1부 리그 분대에 속했고, 그 말은 행진을 할 때 우리 분대가 가장 선두에 섰다는 뜻이다. 미스 허버트라는 이름의 여자가 우리 분대장이었다. '조지 W. 베넷 브라이슨 앤드 선스'라는 이름의 철물점에서 계산원 일을 했는데, 그곳에서 종종 물건을 사던 아빠가 날 데리고 갈 때면 우리가 물건 사는 걸 도와주었다. 부모님이 없을 때 나의 보호자 역을 맡는 사람들에게 인사하는 특별한 방식으로 내가 그에게 인사를 했고, 그는 무뚝뚝하게나마 내게 알은체를 했지만 내가 바른 행실로 표창장을 많이 받은 훌륭한 브라우니이기는 해도 딱히 자신과 친근한 사이는 아니라는 식이었다. 늘 그가 말하길, 우리들 누구나 똑같이 존경하고 좋아한다고 했고, 특별 대우에 익숙했던 나로서는 그것이 그다지 달갑지 않았다고밖에 말할 수 없다. 우리 분대는 일곱 명의 여자아이로 구성된 네 무리로 나뉘어 있었다. 이름이 엘프, 픽시, 페어리, 놈이었다. 난 엘프 소속이라 단복 왼쪽 가슴 주머니 바로 위에 춤추는 말썽꾸러기 엘프 문양을 달았다. 내가 이런저런 일에서 두각을 나타냈음을 보여주는 온갖 줄무늬와 여러 문양과 휘장이 소매와 어깨에 잔뜩 달려 있었다. 노란색 타이에는 네잎클로버 모양의 황동 휘장이 달려 있었다. 감리교 교회 마당에서 전 단원이 깃대를 중심으로 둥글게 모여

선 가운데 모임이 시작되었다. 유니언잭이 깃대 위로 올라갈 때 우리 시선도 따라 올라갔다. 그다음에는 국가에 대한 충성을 맹세했다. 그러니까 영국에 대한 충성. 한 시간 반 동안 우리는 브라우니가 하는 별별 일을 했다. 그다음 다시 깃대에 모여 국기를 내리고 충성을 맹세했다. 해산하기 직전에는 몸을 웅크린 채 손을 어깨에 올리고 두 손가락을 위로 뻗고는 한목소리로 '투후, 투횟, 투후'라고 외쳤다. 우리 분대를 수호하는 나이든 현명한 올빼미를 흉내내는 것으로, 우리도 나이가 들면서 현명해지기를 기원하는 것이었다.

나는 병석에 누워 장난감 브라우니를 보았다. 그것은 브라우니 모임을 오가는 길 위의 나 자신이기도 했다. 달랑 나 혼자였다. 주변에 다른 브라우니는 하나도 없었다. 그 누구도 없었다. 오로지 원래 크기 그대로인 드넓은 길을 오가는 나뿐이었다. 이 장난감 다리로 얼마나 걸어야 그곳을 오갈 수 있을지 알 수 없었다. 그렇게 나 자신을 한참 뚫어지게 바라보면서 다른 건 다 잊었다. 하지만 마침내 엄마의 목소리가 들려왔다. 엄마가 무슨 말을 하는지는 여전히 알 수 없었지만 우리 사이 공간으로 단어들이 내려앉을 때 몇몇이 눈에 들어왔다. '상상해' '저것' '가장' '멋지게' '왜냐하면' '아래로' '꼬마' '바구니' '묵인하다' '잘' '신뢰' '행동' '구슬' '짐승' '병충해' 따위가 있었다. 그 단어들이 메이폴 주위를 돌듯이 들락날락하며 빙글빙글 춤을 추었다. 다시 침대에 누워 천장의 서까래를 올려다보았다. 그러자 내가 거기에 걸터앉아 엄마와 나를 내려다보고 있었다. 눈을 감았다. 뜨뜻하고 시커먼 검댕이 떨어져내렸다. 난 잠에 빠져들었다.

비는 끊임없이 내렸다. 때로는 보슬보슬 내렸고, 때로는 마치 우리가 내내 머리 위에 댐을 이고 살다가 지금 누군가 일부러 그 댐에 커다란 구멍을 낸 듯이 쏟아부었다. 아빠는 이제 일하러 나가지 못했으므로 작업실에서 가구를 만들었다. 어느 날 아빠가 일부러 밖에 나가고 마 졸리가 집으로 왔다. 그는 내 발바닥과 무릎과 배와 겨드랑이와 이마에 십자 모양을 그렸다. 특별한 양초 두 개에 불을 붙여 하나는 침대 머리맡에, 다른 하나는 침대 발치에 놓았다. 비가 워낙 세차게 쏟아져서 내게 해코지를 하려는 존재가 바깥마당에서는 살 수 없을 테니 마당은 굳이 볼 필요가 없다고 했다. 내 방 한 귀퉁이에 향을 피웠다. 걸쭉한 노란색 기름이 담긴 대야 안에 아주 작은 빨간색 양초 여남은 개를 넣었다. 물에 뜨도록 바닥에 흰 종이를 바른 양초였다. 양초에 불을 붙이자 방 전체로 고운 분홍빛이 뻗어나갔다. 마 졸리는 양초가 담긴 대야 속에 내게 해코지를 하려는 사람들의 이름이 적힌 종잇조각을 넣었다. 대부분이 아빠가 오래전에 사랑했던 여자들이었다. 그러고는 주의깊게 주변을 살펴본 후 내 방에도 그렇고 집안 어디에도 유령은 없다고 말했다. 내가 이렇게 쇠약해졌다는 이야기를 듣고 누가 됐든 안 좋은 마음을 먹을까봐 그저 예방 차원에서 하는 일이라고 했다. 방을 나가기 전에 역겨운 냄새가 풍기는 무언가가 잔뜩 든 향주머니를 내 잠옷 안쪽에 핀으로 고정시켰고, 이러저러한 시간대에 매일 내 몸에 문지르라며 액체가 든 작은 약병들을 엄마에게 주었다. 엄마는 그것을 내 책장 위, 스티븐스 선생님이 처방해준 비타민과 설사약이 든 병 바로 옆에 놓았다. 날 보러 내 방에 들어온 아빠가 온갖 약—스티븐스 선생님과 마 졸리의 처방—이 나란히 있는 걸 보고는, 눈에 들어온 것이 마땅치 않을 때 하는 식으로 얼굴을 찡그렸다. 아빠가 엄마에게 뭐라고 말한 것이 분명했다. 엄마가 약을 다시 정리했는데, 스티븐스 선생님 약은 앞쪽에 마 졸리 약은 뒤편에 놓았기 때문이다.

내가 병석에 누운 첫 이 주 동안 엄마 아빠는 평소처럼 생활하지 못했다. 밤새도록 내 곁을 지켰고, 엄마는 낮에도 나를 혼자 두기를 꺼렸다. 그러다가 갑자기 만사를 있는 그대로 받아들이기로 결심했는지, 내게 너무 매달리지 않고 평소의 일과로 돌아갔다. 비는 여전히 내렸지만 아빠는 다시 출근하기 시작했고, 성공회 교회 종이 일곱시를 치면 집을 나섰다. 하루는 엄마가 날 혼자 두고 그날 저녁에 먹을 생선을 사러 수산시장에 갔다. 나가기 전에 엄마가 이렇게 말했다. "꼬마 아가씨, 좀 쉬고 있어." 이제 엄마 아빠가 내게 주로 하는 말이었다.

혼자 남은 내 눈앞에, 침대에서 멀지 않은 곳의 작은 탁자 위에 반원형으로 늘어놓은 액자 속 사진들이 거대한 모습으로 나타났다. 흰색 교복을 입은 내 사진이 있었다. 메리 이모와 파케 씨의 결혼식에서 신부들러리를 하던 내 사진이 있었다. 한 손에는 배트를 들고, 다른 손으로는 엄마의 허리를 꽉 끌어안은, 흰색 크리켓 운동복을 입은 아빠의 사진이 있었다. 막 교인이 되어 처음으로 성찬식을 했던 날 사진 속에서 나는 흰색 원피스를 입었고, 옆에 장식으로 구멍이 뚫린 신발을 신고 있었다. 내가 이 신발을 사서 엄마에게 보여줬을 때, 엄마는 그런 신발은 어린 숙녀에게도 어울리지 않고 교인이 되는 날 신기에도 적합하지 않다고 했다. 우리는 신발을 두고 맹렬하게 싸웠고, 내가 아마 해서는 안 될 말을 엄마에게 했을 것이다. 다른 건 다 잊었고, 마지막에 내가 몸을 돌리며 이렇게 말했던 기억밖에 없지만 말이다. "엄마가 죽어버렸으면 좋겠어." 그 말을 내뱉은 순간 나의 내면이 텅 비어버린 느낌이었다. 그때 엄마는 지독한 두통에 시달렸다. 통증을 없애려고 이마에 터틀베리 잎을 올렸는데, 통증의 열기에 금세 바싹 타버려서 두 시간마다 잎을 갈아야 했다. 그날 밤, 난 통증으로 잠을 못 이루는 엄마가 집안을 서성이며 뱉는 신음소리를 들을 수 있었다. 그 소리가 멈췄을 때 난 엄마가 죽었다고 믿었다. 그리고 다시 다른 소리가 들리자, 엄마 장례를 치르러 장의사인 스트래피 씨가 온 거라고 확신했다.

탁자에 놓인 사진은 이제 천장에 닿을 것처럼 잔뜩 부풀었다가는 다시 눈에 잘 보이지 않을 정도로 조그맣게 쪼그라들었다. 나로서는 알 수 없는 음악에 박자를 맞추듯, 일정한 간격을 두고 규칙적으로 반복했다. 위로 솟았다가는 내려오고, 솟았다가 내려오고. 얼마나 오래 그랬는지, 땀까지 줄줄 흘렸다. 마침내 그러기를 관둔 사진들이 기진맥진하여 탁자에 축 늘어졌는데, 거기서 얼마나 역한 냄새가 풍겨오는지 참을 수가 없었다. 난 침대에서 일어나 사진을 모두 품에 안고 세면대에 놓인 대야로 가져가 잘 씻겨주었다. 비누와 물로 구석구석 다 닦고, 틈새까지 다 후벼팠다. 메리 이모의 면사포에 생긴 주름을 열심히 펴봤지만 별 소용이 없었고, 아빠 바지 앞쪽에 묻은 먼지를 떼어내려 했지만 역시 별 소용이 없었다. 물로 다 닦은 후 꼼꼼히 잘 말리고 탤컴파우더를 바른 후, 사진들이 따뜻하게 잠을 잘 수 있도록 담요가 깔린 구석에 놓았다. 그러곤 다시 침대로 돌아갔는데, 분명 잠이 든 모양이었다. 엄마의 목소리—사실은 걱정스럽게 한탄하는 소리—에 정신을 차려보니 내가 침대에 누워 천장을 보고 있었다.

엄마는 네 발로 기어다니며 바닥을 닦고 있었다. 사진을 물로 씻느라 바닥엔 물이 흥건했고 내 잠옷과 침대보도 젖어버렸다. 방 한편에 사진이 작은 무더기로 쌓여 있었는데, 이렇게 상태가 안 좋은 나로서도 사진이 완전히 엉망이 되었다는 것을 알 수 있었다. 결혼사진 속 인물들은 나를 제외하고는 모두 얼굴이 뭉개져 있었다. 엄마 아빠 사진에서는 두 사람의 허리 아랫부분이 다 뭉개져 있었다. 견진성사 옷을 입고 찍은 내 사진에서는 신발만 빼고 다 뭉개져 있었다. 집에 돌아온 아빠가 이런 말을 하는 소리가 들렸다. "불쌍한 것, 잠시도 혼자 둘 수가 없구먼."

그래서 엄마는 내가 다시는 혼자 있지 않도록 일과를 조정했다. 식료품 장은 이웃이 대신 봐주었다. 또다른 이웃이 시장에 가서 우리에게 매일 신선 식품을 사다주었다. 정기적으로 저녁상에 오르는 생선은 우리가 생선을 사 먹는 얼 아저씨나 나이절 아저씨가 손질까지 다 해서 가져다주었다.

어느 날 생선을 가져온 나이절 아저씨가 엄마와 잠깐 이야기를 나눈 뒤 나를 보러 내 방에 들어와 빨리 나으라고 말해주었다. 고기 잡을 때 입는 옷(멋지게 기운 자국이 가득한 카키색 바지와 낡은 붉은색 샴브레이 셔츠)을 갈아입지 않아 비늘과 핏자국 천지라서 그냥 문간에 서서 몇 마디 말을 건넸다. 무슨 말인지 다 알아듣진 못했지만, 대충 내가 제일 좋아하는 생선을 가져왔다는 뜻인 건 알았다. 얼마나 기분이 좋고 행복해 보이던지. 얼 아저씨와 나이절 아저씨 중에서 난 언제나 나이절 아저씨를 더 좋아했다. 그를 보면 아빠가 떠올랐다. 아빠와 마찬가지로 사려 깊고 조용했고, 아빠가 목공 일을 좋아하는 것처럼 고기 잡는 일을 좋아했다. 아빠와 참 많이 닮았다는 생각을 하다보니 "아저씨는 정말 존 씨와 비슷해요"라는 말이 입에서 튀어나왔다.

그가 껄껄 웃고는 말했다. "자, 네가 그런 말 했다고 네 아버지에게 전하진 않을 게다." 그의 웃음소리가 방안 가득 들어차며 공기란 공기는 죄다 빨아들여서 내가 들이마실 공기라고는 나이절 아저씨의 웃음 말고 없었다. 그 웃음이 내 코를, 목을, 폐를 가득 채우고도 계속 내려가 내 몸의 빈 공간이란 공간마다 들어찼다. 이런 상태에서 그를 바라보자 온갖 것들이 다 보였다.

아빠의 증조할아버지는 어부였다. 하지만 형편없는 어부였는지 통발에 물고기가 가득한 경우는 없었다. 어느 날 통발을 살펴보러 나갔더니 으레 그렇듯 잔챙이 두어 마리뿐이었다. 부아가 치민 그는 물고기를 집어들고는, 신에게 엿 먹으라고 내뱉으며 다시 물로 던져버렸다. 그 저주가 그 자신에게 들러붙어 그는 얼마 안 가 시름시름 앓더니 세상을 떴다. 죽기 직전에 마치 다 익은 완두콩의 콩깍지가 벌어지듯이 피부가 벌어졌고, 마지막 말은 "망할, 망할 물고기"였다. 나이절 아저씨와 얼 아저씨가 나무 아래 고개를 숙이고 앉아, 한 사람이 문장을 시작하면 다른 사람이 끝맺어가며 그물을 손질하는 모습이 보였다. 나이절 아저씨와 얼 아저씨는 무엇이든 공유했다. 바다에서는 같은 배를 탔고, 잡은 것은 똑같이 나눴다. 같은 집에 살았는데, 얼 아저씨는 길 쪽으로 난 문으로 드나들었고, 나이절 아저씨는 뒷마당에서 이어지는 문으로 드나들었다. 집안 각자의 공간 사이에 문이 있었지만, 그 문이 잠기는 일은 없었다. 부인도 공유했다. 미스 캐서린이라는 이름의 그 여자는 그 집에 들어와 살지는 않았지만 몇 집 건너에 살면서 꽤 정기적으로 그곳을 드나들었다. 어떤 때는 길 쪽의 문으로 또 어떤 때는 마당 쪽 문으로 드나들었다. 그곳에서 미스 캐서린은 음식을 만들었고, 그러면 세 사람이 식탁에 앉아 하나의 냄비를 놓고 손으로 음식을 먹었다. 누구나 그 집 앞을 오가며 볼 수 있는 광경이었다. 난 미스 캐서린을 좋아했다. 코담배를 즐겨서 침을 자주 뱉었는데, 할 수 있는 가장 멋진 방식으로 침을 뱉었기 때문이다. 엄마는 미스 캐서린을 좋아하지 않았다. 미스 캐서린은 아이를 낳지 못했고 다리를 약간 절었으며, 엄마를 만나기만 하면 나를 제대로 기르려면 어떻게 해야 하는지를 가르치려 들었기 때문이다. 비밀이라 아무도 모를 거라 생각했지만, 엄마는 동생인 메리 이모도 좋아하지 않았다. 둘이 싸울 때면, 대개는 편지로 싸웠는데, 엄마는 이모를 설름발이에 애도 못 낳는 오지랖 넓은 멍청이라고 불렀다. 이모도 애가 없었고 다리를 절었고, 나를 어떻게 키워야 하는지 틈만 나면 엄마에게 이야기했다. 난 미스 캐서린이 날 때부터 절름발이였는지, 아니면 어릴 적에 사고를 당했는지, 아니면 누가 일부러 그렇게 만들었는지 알지 못했다.

나이절 아저씨가 껄껄 웃었고 그 웃음소리가 내게 어떤 강한 영향을 주었는지, 난 침대에서 뛰어나와 아저씨에게 몸을 던졌다. 얼마나 세게 몸을 던졌는지 아저씨가 넘어졌다. 난 머릿속에 떠오르는 대로 아무 이야기나 마구 지껄였다. 아빠의 증조할아버지에 대해서, 그리고 나이절 아저씨와 얼 아저씨와 미스 캐서린에 대해서. 그는 자신과 아무 상관없는 이야기인 것처럼, 처음 듣는 이야기인 것처럼 그 이야기를 다 들어주었다.

외할머니 마 체스가 나타난 것이 그로부터 얼마나 지나서였는지는 모르겠다. 엄마와 아빠가 마 체스가 어떻게 왔는지 모르겠다는 말을 주고받는 것을 들었다. 마 체스가 나타난 날은 증기선이 다니지 않는 날이었고, 그래서 엄마 아빠는 부두에 나가지 않았다. 마 체스는 엄마와 함께 내 침대 발치에 서서 나를 내려다보며 소곤소곤 이야기를 나누었다. 두 사람은 뭔가 강조하고 싶은 게 있으면 상대를 잡아당기거나 옷을 쓸어내렸다. 마 체스가 내 위로 몸을 숙이자 여러 냄새가 났다. 어느 냄새든 마 졸리가 내 잠옷에 핀으로 꽂은 검은 주머니 냄새보다 더 역했다. 마 졸리가 얼마나 아는지 몰라도 외할머니가 열 배는 더 잘 알았다. 엄마가 주술에 큰 흥미를 보이지 않아 할머니가 얼마나 아쉬워했는지. 할머니는 그냥 물과 비누로만 목욕하는 일이 절대 없었다. 동식물성 재료를 오래도록 끓인 물로 한 달에 한 번 정도 목욕했다. 이 목욕을 하기에 앞서 우선 바다 수영을 했다. 지금 내 위로 몸을 숙인 할머니는 마 졸리가 하던 식으로 똑같이 나를 찔러보았다. 그러곤 프랑스 방언으로 엄마에게 말했다. "조니와는 달라. 조니와는 전혀 달라." 할머니는 다시 엄마 곁으로 가서 섰고, 두 사람은 계속해서 서로 잡아당기고 옷을 쓸어내렸다.

엄마가 열세 살 되던 해, 오빠 존이 죽었다. 스물세 살 때였다. 엄마와 이모는 오빠를 우러러봤고, 외할머니도 아들을 떠받들었다. 그래서 그가 죽은 후로 삶이 예전과 같을 수 없다고 했다. 워낙 삼촌 이야기를 많이 하는데다, 잠깐 심부름하러 나가서 금방이라도 다시 돌아올 사람 이야기하듯 했다. 몇 발자국마다 폴짝 뛰면서 걸었다는, 그 특이한 발걸음으로 길모퉁이를 돌아 나타날 것만 같았다. 삼촌이 지녔거나 입었던 물건은 거의 다 마 체스의 방에 있는 커다란 트렁크에 보관되어 있었다. 내가 할머니를 보러 갔을 때, 할머니는 트렁크에 든 물건을 거풍하는 척하면서 무슨 대단한 전시품이라도 되는 양 몽땅 꺼내 보여주곤 했다. 내게 삼촌 이야기를 할 때면 '네 삼촌 조니'라고 했다. 내가 태어나기도 한참 전에 죽은 사람을. 엄마는 삼촌과 함께했던 놀이와 장난이라면 무엇이든 생생히 기억했고, 나를 데리고 똑같은 놀이와 장난을 했다. 내가 영문을 모르겠다는 기색을 보이면 "네 삼촌 조니가 엄마한테 그랬어"라고 말해 수수께끼를 풀어주었다. 외할머니와 외할아버지는 메리 이모와 결혼한 파케 씨를 몹시 싫어했지만 사실 그는 조니 삼촌이 로조에서 초록 무화과를 수확할 때 만난 사람으로 삼촌은 여동생에게 그를 입이 마르도록 칭찬했다. 조니 삼촌이 병에 걸렸을 때 마 체스는 삼촌에게 의사가 전혀 필요하지 않다고 믿었다. 파 체스는 무엇보다 의사가 필요하다고 보았고 결국 파 체스가 원하는 대로 했다. 삼촌은 두 해 동안 병석에 누워 있었는데, 조금씩 화색이 도는 듯했다. 그러다가 어느 날 덜컥 숨이 끊어졌다. 숨이 끊어지던 날 삼촌의 혈색은 어느 때보다 좋았다. 삼촌이 죽자 커다란 벌레가 다리 살을 뚫고 기어나와 정강이뼈에 자리를 잡더니, 바로 죽어버렸다. 그날 이후 마 체스는 파 체스와 한집에 살면서도 절대 말을 섞지 않았다. 할아버지의 말에 가타부타 말이 없었고, 할아버지 이야기가 나오면 일부러 딴생각을 했다. 이야기가 계속되면 아예 자리를 옮겼다. 파 체스는 장례 전반을 도맡아 처리했고 설교도 직접 했다. 좋은 사람들이 어떤 일을 맞이하는지, 그리고 모두들 다시 만나 영원한 축복 속에서 살아가리라는 뻔한 내용이었다. 마 체스는 장례식에도 참석하지 않았다. 특별한 날이면 무덤을 찾긴 했지만. 옷이란 옷은 다 검은 천으로 해 입었는데, 그때부터 내내 검은색만 입었다.

마 체스는 내 침대 발치 마룻바닥에 자리를 잡고, 거기서 먹고 잤다. 나는 곧 할머니 냄새와 할머니가 숨을 들이쉬고 내쉴 때 나는 소리가 없으면 안 됐다. 때로 한밤중에 쏟아져내리는 뜨끈한 검댕에 갇혀 나갈 길을 찾지 못하는 심정으로 허우적대면, 마 체스가 내 침대로 들어와 내가 다시 제정신—그때 내가 처해 있던 상태에서 그나마 제정신이라 할—을 차릴 때까지 함께 있어주었다. 내가 자그마한 쉼표 모양으로 몸을 모로 웅크리고 눕고 마 체스가 커다란 쉼표 모양으로 몸을 구부리고 내 뒤쪽에 누우면 내가 그 안에 꼭 맞았다. 낮에 엄마가 식사하는 아빠 곁에서 아빠를 챙기는 동안 마 체스는 나를 구슬려가며 한 숟갈씩 먹였다. 목욕도 시키고 옷도 갈아입혀주고 침대보도 갈고, 엄마가 내게 해주던 일을 전부 도맡아 했다. 마 체스와 아빠는 서로 마주치지 않게 조심했다. 상대를 싫어해서라기보다는 세상을 보는 방식이 달라서였다. 한번은 마 체스가 아빠에게 정확히 무슨 일을 하는 거냐고 물었고, 아빠가 다니면서 집을 짓는다고 대답하자 할머니는 이렇게 말했다. "집? 집은 뭐하게? 마음대로 드나들 수 있게 땅에 굴 하나 잘 파면 될 일인데."

석 달 반 동안 매일 비가 내렸고, 그동안 난 내내 앓아누워 있었다. 내가 아프다고 대기도 똑같이 앓게 만들 힘이 내게 없다는 건 나도 잘 알았지만, 둘을 연결해서 생각하지 않을 수 없었다. 왜냐하면 찾아들

때 그랬듯이 어느 날 내 병이 불가사의하게 문득 떠나버렸기 때문이다. 그와 동시에, 비가 불가사의하게 시작되었던 것처럼 그렇게 문득 그쳤다. 하루 비가 그치더니, 그것이 이틀이 되고, 그다음엔 영영 내리지 않았다. 가뭄이 다시 왔고, 바다가 예전보다 광활해진 점만 아니면 만사가 예전으로 돌아갔다. 태양이 다시 모습을 드러내자 내 방 창문이 활짝 열렸고, 열기와 빛이 쏟아져들어왔다. 나는 뭔가를 눈으로 본 게 너무 오랜만이라 손으로 눈을 가려야 했다. 오랜 비로 엄마의 텃밭과 몇몇 과실수가 망가져버렸다. 다림질 바구니에 넣어둔 채 잊었던 옷 몇 벌엔 곰팡이가 피었다. 아빠가 짓고 있던 집의 토대는 모두 물에 쓸려갔다. 엄마는 텃밭과 과실수를 새로 손봤다. 옷에서 곰팡이를 없애는 법을 알고 있어서 옷도 멀쩡해졌다. 아빠는 새로 토대를 쌓고 그 위에 집을 지었다. 내 상태가 정말 나아지는 게 분명해지자 마 체스도 떠났는데, 올 때와 마찬가지로 미리 알리지도 않았고, 부두에 증기선이 오지도 않는 날에 가버렸다.

어느 날 나는 정말 오랜만에 밖으로 나갔다. 땅에 발을 디뎠는데, 땅이 움직이진 않았다. 내 귀에 들리는 소리가 거대한 성난 깔때기 모양으로 내 몸을 관통하는 일도 없었다. 눈에 들어오는 것들 모두 제자리에 그대로 있었다. 엄마는 날 나무 아래에 앉혔고, 나는 엄마에게 6펜스를 받고 내가 먹을 코코넛 열매를 따러 나무에 오르는 남자아이를 바라보았다. 엄마가 파리하고 초췌한 내 얼굴을 바라보며 이렇게 말했다. "불쌍한 꼬마 아가씨가 정말 슬퍼 보이는구나." 그때 난 슬프지는 않았다. 내 마음속엔 남자아이가 코코넛 나무를 오르는 모습을 정말이지 다시는 보고 싶지 않고 매일매일 쨍쨍 내리쬐는 해가 너무 보기 싫다는 생각, 냄비 위로 몸을 숙여 내 건강에 좋을까 싶은 뭔가를 끓이는 엄마 모습도 절대 보고 싶지 않고, 뼈가 앙상하고 기름한 엄마의 손가락이 다시는 내 뺨을 만지지 않았으면 좋겠고, 다시는 엄마의 목소리가 내 귀에 들리지 않았으면 좋겠고, 아무도 나를 모르는 곳, 나에 대해 안다는 이유로 나를 좋아하는 사람이 하나도 없는 곳으로 가버리고 싶다는 생각뿐이었다. 내가 태어난 세상이 통째로 내게 견딜 수 없는 짐이 되어버렸고, 그래서 그것을 조그맣게 뭉쳐서 물속에 집어넣어 죽여버리고 싶을 뿐이었다. 내 감정을 숨긴 채 난 고개를 기웃하고 엄마를 올려다보면서 미소를 지었고, 그러자 엄마는 기뻐했다. 집으로 걸어가면서 엄마와 나는 이제 내가 엄마보다 훌쩍 커버렸다는 사실을 깨달았다. 입 밖에 내지는 않았지만. 그것이 내겐 아직 너무 생소해서 난 그러잖아도 구부정한 등—나쁜 자세가 원인으로 아무리 꾸중을 들어도 소용이 없었다—을 더 구부정하게 말았다. 아파 누워 있는 사이 내 키가 엄청 자라서 거의 할머니와 맞먹었다. 이젠 침대에 누우려면 몸을 말아야 했다.

곧 학교에 갈 수 있게 되었다. 키가 많이 자라 새 교복이 필요했고, 발도 커져 신발도 새로 사야 했다. 난 교복 치마를 맞추면서 길이가 종아리 아래까지 내려오게 했다. 다들 우리에게 다리를 내보이지 말라고들 했기 때문에 아무도 그걸 트집잡지 않았다. 신발은 어떻게 할 수가 없었다. 특정한 가게에서 파는 특정한 신발만을 신어야 했기 때문이다. 하지만 모자는 정수리 부분과 챙 모두 내게 너무 큰 모자를 사서 썼다. 그 모자를 쓰고 고개를 푹 숙이고 다녔기에 내 얼굴은 거의 보이지 않았다. 학교를 오가는 내 모습이 어땠느냐 하면, 말라깽이 몸에 긴 치마는 필렁거리고 고개는 푹 숙이고 과장되게 등을 구부정하게 구부린 채, 한 팔은 뒷짐을 지듯 허리에 대고 다른 한 팔로는 책이 든 가방을 들고, 매 걸음마다 일부러 소심해 보이려 했는데, 그 모습이 얼마나 가관이었는지 분명 그걸 두고 말들이 많았을 것이다. 예전에는 내 일생일대의 사랑이었지만 이젠 귀찮기만 한 애가 되어버린 그웬에게서 듣기로는 그랬다. 그 모든 것에 더해 난 괴상한 말투―적어도 아무도 들어본 적이 없을 말투―와 다른 책략도 동원했다. 누군가 내 앞에서 내 마음에 들지 않게 행동하면 난 아무 말도 하지 않고 한쪽 눈썹을 들어올리며 상대를 똑바로 쳐다보았다. 그러면 상대는 늘 내게 사과했다. 누군가 내게 뭘 물으면 난 '실제로'나 '사실을 말하자면'이라는 말로 입을 열었다. 그런 식으로 내 말을 의심할 여지를 주지 않았다. 누군가 내가 좋아하지 않는 말을 하거나 좋아하지 않는 행동을 하면 난 바로 그 자리를 떴다. 함께 있을 때 워낙 내 존재가 두드러졌기 때문에 내가 자리를 뜨면 내 부재도 두드러졌다. 많은 여자아이들이 나를 깎아내리고 싶어했고, 그러려고 애썼지만 다 허사였다. 나의 모든 면이 시기와 불만을 불러일으킨다는 것을 알았고, 그래서 행복했다. 당시 내가 맛볼 수 있던 유일한 행복이었다. 난 내가 아팠다는 말을 절대 먼저 꺼내지 않았고, 그 화제가 나오면 별로 말하고 싶지 않은 척을 했다. 그러다 무슨 말이라도 하고 싶어지면, '내가 아팠을 때 말이야'로 말을 시작하곤 했다. 그 말이 내 입에서 나올 때 그 말소리가 얼마나 듣기 좋던지. 그렇게 해서 얼마 안 가 모든 여자아이들이 자기도 병에 걸렸으면 하고 바라게 되었던 것이다.

8장
부두로 가는 길

"내 이름은 애니 존이다." 앤티가에서의 마지막 날 아침에 눈을 떴을 때 내 머릿속에 맨 처음 떠오른 말이었다. 그리고 그 말은 그렇게 열을 지어, 얼마인지 모르게 오랫동안 머릿속을 활보하고 다녔다. 그날 정오에 바베이도스로 가는 배를 탈 것이고, 그곳에서 다른 배를 타고 영국으로 가서 간호사가 되기 위해 공부할 계획이었다. 전날 밤 내가 마지막으로 본 것이 내 이름이었고, 그러고는 곧바로 잠이 들었다. 이름은 내 트렁크 여기저기에 검은색 글씨로 크게 적혀 있었는데, 때로는 앤티가의 주소가, 때로는 영국에서 지낼 곳의 주소가 같이 있었다. 난 영국에 가고 싶지 않았고 간호사가 되고 싶지도 않았지만, 지금 이대로 계속 살기보다는 이곳을 떠나 동굴 속에 살며 일곱 명의 막돼먹은 남자들을 위해 집안일하는 쪽을 선택했을 것이다. 다리가 밖으로 삐져나오는 이 침대, 몸에 닿으면 거슬릴 만한 지점마다 솜이 뭉쳐 있는 이 침대에 누워 뒤척이는 일은 다시는 하고 싶지 않았다. 내 침대에 누워 에프레임 씨가 양떼를 몰고 목초지로 나가는 소리―일어나서 아빠와 나의 목욕물을 준비하고 아침을 차릴 시간을 엄마에게 알려주는 신호―를 듣는 일도 다시는 없었으면 했다. 다시는 내 침대에 누워 엄마가 옷을 입고 세수를 하고 이를 닦고 입안을 헹구는 소리를 듣고 싶지 않았다. 특히 침대에 누운 채 엄마가 입 헹구는 소리를 듣는 일은 절대 없었으면 했다.

어둑한 방 침대에 누운 내 눈에 내 책―학교에서 상으로 받은 책도 있고 엄마가 선물로 준 책도 있었다―과 무슨 일이 있어도 내가 영원히 사랑해야 마땅했을 사람들의 사진과 여덟 살 생일 때 받은 오래된 보온병과 바닷가에 갈 때마다 조금씩 가져온 조개껍질이 놓인 책장이 보였다. 방 한구석에 세면대가 있었다. 바닥에는 활짝 핀 붉은 히비스커스가 그려진 흰 법랑 세면기와 그와 짝을 이루는 물단지가 있고. 다른쪽 구석에는 학교 갈 때 신던 낡은 신발과 나들이용 신발이 있었다. 또다른 구석에는 오래된 옷이 들어 있는 서랍장이 있었고. 난 이 방을 속속들이 다 알았다. 나의 열일곱 해 가운데 열세 해를 이 방에서 보냈다. 아빠가 원래 집에 이 방을 덧붙여 짓던 그날도 눈앞에 생생히 떠올릴 수 있었다. 어디를 보든 내게 커다란 의미가 있던 것, 언젠가 내게 기쁨을 주었던 것, 행복했던 시절을 떠올리게 하는 것이 있었다. 하지만 지금 그 방안에 누운 나는 그 어느 것도 다시는 보지 않아도 된다는 생각에 가슴이 터질 듯이 기뻤다.

그렇게 침대에 누워 있던 내게 누군가 지금까지의 삶을 요약해보라고 했다면 난 이렇게 말했을 것이다. "내 이름은 애니 존입니다. 십칠년 전 9월 15일 새벽 다섯시에 홀버턴병원에서 태어났습니다. 내가 태어난 때, 달이 창공의 한쪽 끝에서 기울어가고 다른쪽 끝에서 태양이 떠오르고 있었습니다. 엄마의 이름도 애니입니다. 아빠의 이름은 알렉산더이고 엄마보다 나이가 서른다섯 살 많습니다. 아빠의 자식들 중에는 엄마보다 네 살, 여섯 살 많은 사람도 한 명씩 있습니다. 갈수록 병약해지는 아빠를 보면서, 엄마가 그런 아빠를 위해 이리저리 뛰어다니며 약초와 나무껍질을 모으고, 그러면 아빠가 그것을 물에 끓여 의사가 처방해준 약 대신 마시는 걸 보면서, 난 늙은 남자는 물론이고 어느 누구와도 절대 결혼하지 않기로 마음먹었습니다. 우리가 사는 집은 아빠가 직접 지었습니다. 내가 지금 누워 있는 침대도 아빠가 직접 만들었습니다. 내가 침대에서 일어나 앉는 의자도 아빠가 직접 만든 의자입니다. 우리가 간혹 아침식사로 먹는 죽을 저을 때 엄마가 커다란 나무 주걱을 사용한다면, 그것도 아빠가 직접 손으로 깎아 만든 겁니다. 내 침대보는 엄마가 직접 만들었습니다. 내 창에 걸린 커튼도 엄마가 직접 만들었습니다. 목선과 단과 소매에 부채꼴 모양 장식이 달린, 지금 입은 이 잠옷도 엄마가 직접 지었습니다. 어떻게 보면 두 분이 나를 당신들 손으로 직접 만들었다고도 할 수 있겠죠. 지금껏 우리 세 사람이 어디를 갈 때면 대체로 내가 엄마와 아빠 사이에 서든지 앉았습니다. 하지만 어깨가 맞닿을 만큼 내 몸집이 커지자 셋이서 나란히 거리를 걸어가는 게 불편해졌습니다. 그래서 이제는 두 분이 함께 걷고 난 따로 갑니다. 내가 이제 부모님을 보는 방식은 예전과 같지 않고, 난 예전처럼 두 분을 사랑하지도 않습니다. 가슴 아픈 점이라면 두 분은 그대로

인데 내가 변했다는 겁니다. 그래서 나의 예전 존재나 예전 감정들이 모두 아빠의 의치처럼 가짜가 되었습니다. 수년 동안 내내 날 사랑한다고, 너 없인 못 산다고 말해왔으면서 다른 한편으로 이것—엄마 모르게 내 쪽에서 영원한 결별로 계획하고 있는—을 비롯하여 일련의 결별을 생각하고 마련해온 엄마가 위선자라는 생각을 왜 그때는 못 했을까요? 이제 나 역시 위선자가 되었고, 가슴이 자라고(자그마하지만) 털도 자라야 할 곳마다 자라고 눈도 예리해졌으므로 다시는 속지 않으리라 맹세했습니다."

나는 마지막으로 내 침대에 누워 생각했다. 이것이 바로 지금의 나야. 그러자 누군가 날 구멍에 집어넣고 처음에는 억지로 아래로 밀어넣었다가 그다음엔 중력을 거스르며 위로 당기는 듯한 기분이 들었다. 난 그런 생각을 털어내고 일어날 준비를 했다. '이 침대에서 일어나는 것도 오늘로 마지막이야.' 속으로 그렇게 말했다. 나를 영국으로 데려갈 배를 탈 때까지 그날 내가 하는 모든 일이 마지막이 될 것이었다. 앞으로 무슨 일이 있어도 나의 길은 오로지 한 방향으로만 나아가게 하리라 결심했기 때문이다. 내 집에서, 엄마에게서, 아빠에게서, 한없이 푸른 하늘에서, 한없이 뜨거운 태양에서, "네 엄마가 너를 가졌을 때 있었던 일이야"라고 말하는 사람들에게서 멀어지는 방향으로. 왜 그런 심정이 들었는지 말로 설명해보라고 누군가 요청했더라도, 왜 그런 심정이 었는지 곰곰이 따져보고 그 이유를 찾아낼 수년의 시간이 주어졌더라도 난 단 한 글자도 끄집어내지 못했을 것이다. 내 심정이 그러했고 그것이 내 평생 느낀 가장 강렬한 감정이었다는 것만 알았을 뿐이다.

성공회 교회의 종이 일곱시를 알렸다. 아빠는 이미 목욕을 하고 옷을 입은 후 작업실에서 이런저런 일을 하고 있었다. 부모님은 내가 떠나는 게 무슨 축하할 일이라도 되는 것처럼 명절날인 양 행동했고 그 무엇도 평소와 같지 않았다. 아빠는 일하러 나가지 않았다. 내가 일어났을 때 엄마가 크고 밝은 목소리로 "잘 잤니"라고 했는데, 그 목소리가 얼마나 크고 밝던지 순간 움찔했다. 난 엄마가 나무껍질을 끓여 준비해놓은 따뜻한 물로 재빨리 몸을 씻었다. 하나같이 하얗고 냄새가 희한한 속옷을 입었다. 엄마는 영국령 기아나의 금으로 만든 내 귀걸이와 목걸이와 팔찌와 더불어 내 속옷까지 엄마의 주술사에게 보냈고, 주술사가 뭘 어떻게 한 건지 그게 악령과 온갖 불운에서 나를 지켜줄 거라고 했다. 내가 절대 다시 보거나 듣거나 하고 싶지 않은 것들의 목록은 이제 삼주 치 식료품 목록만큼 길어졌다. 나는 주술사와 장신구와 흰색 속옷도 거기에 포함시켰다. 속옷 위에는 엄마의 다용도 원피스를 입었다. 내가 떠날 때 입을 옷은 감청색 주름치마와 커다란 세일러 옷깃이 달린 푸른색과 흰색의 체크 블라우스(블라우스의 푸른색이 치마의 푸른색과 똑같았다)에 치마와 같은 천으로 만든 타이였다. 블라우스는 허리 아래까지 한참 내려와 치마를 덮었다. 엄마가 새로 다린 그 옷이 이제 의자 위에 놓여 있었다. 그 옷을 입는 것이 내가 이 집을 떠나기 직전에 마지막으로 할일이었다. 미스 코닐리아가 와서 내 머리를 매만졌다. 수백 개의 나사 모양으로 만든 뒤, 모자가 제대로 맞도록 머리에 착 붙여놓았다.

아침식사 때 난 평소 앉는 자리에 앉았다. 식탁 한쪽 끝에 아빠가, 다른쪽 끝에 엄마가 앉고 내가 가운데 앉았기 때문에, 아빠 엄마가 서로에게 말을 하거나 내게 말을 할 때 그 얼굴을 제대로 보려면 고개를 좌우로 돌려야 했다. 일요일 아침 예배를 마치고 돌아와 먹는 일요일 아침상이 차려져 있었다. 절인 생선과 가지 요리, 맑은 돼지고기탕과 삶은 계란에 단골집인 대니얼 아저씨 빵집에서 사온 특별한 일요일용 빵까지 있었다. 일요일이면 우리는 열한시에 이렇게 거한 아침을 먹은 뒤 네시까지 아무것도 먹지 않고 네시에 다시 거한 일요일 저녁을 먹었다. 우리집에서 먹을 수 있는 가장 훌륭한 아침상이었다. 그보다 나은 아침상을 보는 건 크리스마스 날뿐이었다. 새로운 생활을 하며 얼마나 멋진 시간을 보내겠느냐는 둥 얼마나 굉장한 기회냐는 둥 너는 얼마나 운이 좋냐는 둥 엄마 아빠는 축제일처럼 들떠 있었다. 두 분은 식사하며 내내 떠들었다. 아빠가 말할 때마다 걸어가는 말의 말굽처럼 의치가 다가닥거렸고, 엄마가 입안의 음식을 매번 서른두 번씩 씹을 때마다 엄마의 입이 당나귀 입처럼 위아래로 움직였다. (오래전에 엄마가 내게 음식을 그만큼 씹으라고 시켰을 때 세어본 적이 있다. 오로지 내게만 해당되는 엄마의 규칙은 아닌지 확인하고 싶었다.) 두 사람을 바라보는 내 얼굴에는 미소가 어려 있었지만 속으로는 역겨웠다. 그때 엄마가 이렇게 말했다. "물론 넌 이제 다 자란 숙녀이니, 언젠가 적당한 때 네가 조만간 결혼한다는 편지가 날아온다 해도 우린 놀라지 않을 거야."

미처 생각하기도 전에 내 입에서 "터무니없는 소리!"라는 말이 튀어나왔고, 제대로 감추지 못한 반감도 드러났다.

부모님은 순간 먹다가 말고, 마치 처음 보는 사람을 보듯 나를 바라보았다. 다시 먹기 시작한 것은 아빠였다. 엄마는 여전히 나를 보고 있었다. 엄마가 속으로 무슨 생각을 했는지는 모르지만, 입 안쪽에 들러

붙은 음식을 혀로 떼어내고 있는 건 눈에 보였다.

엄마 친구들이 내게 작별인사를 하고 축복을 빌어주겠다며 찾아왔다. 앞으로 내게 벌어질 온갖 눈부신 미래를 그려 보일 때는 기쁨과 고마움을, 부모님은 물론이고 나를 아는 사람들 모두 나를 무척 그리워할 거라는 말에는 슬픔을 각각 적절히 내보였다. 이렇게 서로 거짓된 인사를 주고받고, 고개를 기웃하고 미소 띤 얼굴에 사랑과 연민을 담은 채 나를 바라보는 사람들을 받아주는 이 모든 일을 하느라 몸이 쑤셨다. 그들에게 한마디 작별인사도 없이 떠나도 나는 전혀 아쉽지 않았을 것이다. 딱 한 사람, 작별인사를 해야 할 것 같은 사람이 있었는데, 예전 친구인 그웬이었다. 우리 사이는 이미 오래전에 멀어졌고, 그웬을 볼 때면 예전에 내가 가졌던 감정과 우리가 함께 했던 일이 너무 민망해 가슴이 찢어질 지경이었다. 이제 그웬은 완전히 멍청해져서, 키득거리지 않고 제대로 끝내는 문장이 한 문장도 없었다. 키득거림만이 아니라, 학생이었을 때는 수준 낮게 취급하던 다른 여학생들의 특성까지 새로 나타났다. 작별인사를 하려고 그웬을 만났을 때, "너 왜 이렇게 원숭이처럼 구니?" 이런 말을 잔인하게 내뱉지 않는 것이 내가 그나마 할 수 있던 전부였다. 나는 그런 말 대신 앞으로 잘될 거라고 덕담을 해주며 다정하게 대했다. 그때 그웬은 어릴 적 네비스에서 지낼 때 알던 남자아이와 거의 약혼해서 한두 해 안에 결혼하게 될 거라고 말했다. "행운을 빌어." 난 그렇게 말했고, 그 말을 좋은 뜻으로 받아들인 그웬은 날 와락 안으며 이렇게 말했다. "고마워. 네가 기뻐할 줄 알았어." 하지만 내게는 그웬이 자기가 뛰어내리려는 높은 곳을 가리켜 보이면서 멀쩡히 두 발로 착지하길 바라는 것처럼 보였다. 그렇게 우리는 헤어졌고, 난 몸을 돌린 후 한 번도 뒤를 돌아보지 않았다.

엄마는 부두의 일꾼에게 내 트렁크를 먼저 부두로 옮기도록 시켰다. 나는 정각 열시에 옷을 다 차려입고 부모님과 부두로 출발했다. 한 시간 후에 먼바다로 나갈 큰 보트를 타고, 거기서 선박에 오를 것이다. 처음에는 옛날을 생각해서 별생각 없이 예전처럼 나란히 걸었다. 그러니까, 내가 엄마와 아빠의 사이에서 걸었다. 내 키는 아빠보다 한참 솟아 아빠의 정수리가 내려다보일 정도였다. 우리 셋은 분명 희한한 광경이었을 것이다. 주말도 아닌데 아침나절에 다 자란 여자아이가 한껏 옷을 차려입고 부모 사이에서 발을 맞춰 걷고 있었으니. 모르는 사람들은 우리를 빤히 쳐다봤다. 집에서 부두까지는 걸어서 삼십 분이었는데, 그사이 난 내 인생 대부분을 거쳐갔다. 한때 내가 바느질을 배웠던 재봉사 미스 덜시의 집 앞을 지나는데, 순간 반감이 솟았다. 그곳에서 몇 달을 보내는 동안 그가 내게 시킨 일이라고는 언제나 실과 핀과 바늘이 어지럽게 널린 마룻바닥을 비질하는 일뿐이었고, 내 비질이 자기 마음에 들 만큼 깔끔했던 적은 한 번도 없었다는 듯 굴던 기억이 문득 떠올랐기 때문이다. 또 미스 덜시는 나를 가게에 보내 단추나 실을 사오라고 시켰는데, 견본을 받은 뒤에야 그런 심부름을 할 수 있었다. 그리고 내가 견본과 똑같은 것을 사와도 트집을 잡곤 했다. 그러면서 늘 내게 이렇게 말했다. "알겠지만, 너 같은 애는 제대로 된 바느질은 평생 못 배울 거야." 일 년차 견습생을 깔보는 건 으레 있는 일이라 당시 난 그다지 신경쓰지 않았을 것이다. 하지만 지금은 미스 덜시와, 내가 그와 함께했던 시간을 내 삶의 쓰레깃더미에 얹어두었다.

내가 학교와 교회에 갈 때, 주일학교와 성가대 연습을 갈 때, 브라우니 모임과 걸가이드 모임에 가거나 친구를 만나러 갈 때 지나던 길목으로 들어섰다. 내 손을 잡고 함께 가는 사람 없이 이 길을 처음 혼자 걸은 것은 다섯 살 때였다. 엄마는 엄마의 바구니와 모양은 똑같고 크기만 작은 내 바구니에 1페니 동전 세 개를 넣어주고는 약국에 가서 센나 잎과 유칼립투스 잎과 장뇌를 각각 1페니어치씩 사오라고 했다. 그러곤 길을 걸을 때 어느 편에서 걸어야 하는지, 어느 모퉁이에서 돌아 어디서 길을 건너는지, 길을 건널 때는 어떻게 잘 살펴야 하는지 알려주고, 누구라도 아는 어른을 만나면 공손히 인사를 드린 후 가던 길을 계속 가라고 했다. 나는 그때 곡예사들이 공중을 날고 공중그네를 타는 광경이 그려진, 막 다려 빳빳한 노란색 원피스를 입고 나왔더랬다. 나오기 직전에 목욕을 했는데, 엄마가 특별히 목욕 후에 아기 냄새가 나는 땀띠용 파우더가 아니라 엄마가 쓰는 텔컴파우더를 바르게 해주었다. 향수처럼 좋은 향이 나고 캔에는 19세기 런던에서 만찬에 참석하는 사람들이 그려진, '메이지'라는 이름의 파우더였다. 대문을 나서며 고개를 숙여 내 몸의 냄새를 맡아보니 엄마와 똑같은 향내가 나서 얼마나 기분이 좋던지. 약국에 들어갔는데, 판매대 뒤에 서 있던 약사가 앞으로 나와 몸을 숙여 귀를 가까이 하고서야 내가 무엇을 원하는지 알아들을 수 있었다. 당시 내 목소리는 워낙 작고 자신감이 없었기 때문이다. 나는 왔던 길을 되짚어갔고, 내가 마당으로 들어가 꾸러미 세 개가 든 바구니를 내밀자 눈물이 글썽해진 엄마는 나를 안아 공중으로 높이 들어올리며 우리 딸은 정말 놀랍고 대견하다고, 누구와도 비교가 안 된다고 했다. 내가 페르시아를 정복했다 한들 그보다 자랑스러워할 수 없었을 것이다.

이제 교회 앞을 지나갔다. 내가 세례를 받고 정식 교인이 되고 청소년 성가대에서 노래를 불렀던 교회. 한때 내가 좋아했고 그애가 없으면 살 수 없을 거라고 믿었던 여자아이가 살던 집도 지나쳤다. 한번은 그애가 볼거리에 걸린 적이 있었다. 나는 엄마의 반대를 무릅쓰고 그애를 찾아갔고, 그애 침대에 앉아, 치료 목적으로 통통 부은 그애 턱에 흰 천조각으로 붙들어 매어둔 버터 바른 군고구마를 함께 나눠 먹었다. 어떻게 알았는지 모르지만 그 사실을 알게 된 엄마가 뭘 어떻게 했는지 결국 우리 관계를 끊어버렸다. 그 아이는 곧 가족과 함께 바다 건너 어디론가 가버렸다. 인형 가게도 지나갔다. 어린 시절에 엄마와 함께 가서 크리스마스 선물로 받고 싶은 인형을 손으로 가리키던 곳이다. 정식 교인이 되는 날 교회에 신고 간다고 해서 엄마와 엄청 싸우게 된 신발을 샀던 가게도 지나쳤다. 은행도 지나쳤다. 여섯 살 생일날 난 다른 선물과 함께 6펜스를 선물로 받았다. 그때 엄마랑 같이 은행에 가서 그 6펜스로 내 명의의 계좌를 열었다. 내 이름이 크게 적힌 작은 회색 통장을 받았는데, 잔액란에 6펜스라고 적혀 있었다. 그후로 토요일 아침마다 난 6펜스—좀 지나서는 1실링, 좀더 지나서는 2실링 6펜스짜리 동전—를 받았고, 그걸 들고 은행에 가서 저금했다. 단 한푼도 꺼내 쓸 수 없었다. 그러니까 떠나기 몇 주 전까지 말이다. 예치금을 다 찾고 계좌를 해지했는데, 그때 내가 받은 돈은 6파운드 10실링 그리고 2펜스 반이었다.

내게는 안경이 필요 없다고 세 번이나 엄마에게 말했던 안과의사의 병원 앞을 지나쳤다. 눈이 나빠지는 것 같으면 매일 당근 주스 한 잔을 마시면 다시 좋아질 거라고 했다. 내가 여덟 살 때 일이었다. 그래서 난 매일 쉬는 시간에 학교 교문으로 나가야 했다. 막 당근을 갈아서 즙을 짜온 엄마가 교문에서 기다리고 있었고, 난 그 유리잔을 받아들어 마신 뒤 다시 교실로 뛰어갔다. 내 눈에 아무 문제가 없다는 건 나도 알았다. 그때 『여학생을 위한 연감』에 실린 이야기를 하나 읽었는데, 당시의 나보다 몇 살 많은 여주인공이 작고 동그란 뿔테 안경을 늘 고쳐 끼는 모습이 얼마나 인상적이던지, 나도 똑같은 안경을 써야겠다는 마음이 들었을 뿐이다. 안경을 쓸 필요가 없다는 사실이 분명해지자 그다음엔 햇빛이 너무 눈부시다고 투정하면서 손으로 얼굴을 가리고 다녔다. 엄마와 함께 있을 땐 특히 더 그랬다. 그러자 엄마는 딱 내가 바라던 모양의 뿔테 선글라스를 사주었다. 입김을 호 불어서 교복 자락으로 알을 닦고, 선글라스가 흘러내리면 다시 올려 쓰고, 안경집에서 꺼내 쓰는 그런 일들이 얼마나 신이 나던지. 하지만 삼 주 만에 싫증이 났고, 선글라스는 한때 내가 죽고 못 살던 이런저런 물건들과 함께 서랍 안에 고이 자리잡았다.

영국제 미용 제품들만 파는 가게를 지나쳤다. 그 가게 안에는 도자기로 만든 커다란 개가 있었다. 온몸에 검은 점이 박힌 하얀색 개로, 목에는 빨간색 새틴 리본을 달고 있었다. 개 앞에는 흰색 도자기 그릇이 놓여 있었고, 그릇에는 언제나 맑은 물이 채워져 있었다. 그래서 앉아 있는 그 개는 지금 막 물을 꿀꺽꿀꺽 들이켠 듯한 모습이었다. 어렸을 때 그 가게 근처에 가면, 난 그곳에 가서 개를 보게 해달라고 엄마를 졸랐고, 그 앞에 서서 양손으로 무릎을 짚고 몸을 약간 숙인 채 개를 뚫어져라 보고 또 봤다. 지금껏 보았던 어떤 진짜 개보다, 앞으로 보게 될 어떤 진짜 개보다 더 아름답고 더 진짜 같다고 생각했다. 나이가 들며 그 관심은 시들해진 게 분명하다. 어느 날 그 개가 자취를 감추었는데도 어떻게 된 건지 물은 적이 없으니 말이다. 다음은 도서관이었다. 이 길거리에 있는 것 중에 내가 헤어지기 아쉬운 것이 있다고 하면 그건 분명 도서관이었을 것이다. 내가 태어나기 한참 전부터 엄마는 도서관 회원이었다. 그리고 엄마는 내가 아주 어릴 적부터 어딜 가든 날 데리고 다녔기에 도서관에 갈 때도 나를 데리고 갔다. 그곳에서 엄마가 굳이 대출할 마음은 없는 책을 읽을 때면 난 아주 조용히 엄마 무릎에 앉아 있었다. 아직 글을 깨치지 못했지만 책장에 적힌 글자는 그 모습만으로도 흥미로웠다. 한번은 엄마가 읽는 책 안에 어떤 남자의 사진이 커다랗게 들어 있었다. 누구냐고 묻자 엄마는 루이 파스퇴르라고 알려주며, 그 책이 그의 일생을 적은 책이라고 했다. 내가 아직 어려서 우유를 그냥 마실 수 없을 때 우유를 데워서 살균해 먹인 것이 그 사람 덕분이라고, 그가 처음으로 그런 생각을 해냈고 그래서 그 과정을 '파스테리제이션'이라고 부른다고 했기 때문에 그 일이 내 머리에 또렷이 남았다. 엄마가 내 어린 시절 물건을 모두 보관하는 엄마의 낡은 트렁크에 내가 집어넣은 것 중 하나가 내 도서관 회원증이었다. 당시 7펜스의 연체료가 있었다.

이 모든 장소를 지나가면서 나는 꿈을 꾸는 것만 같았다. 오고가고 드나드는 사람들을 알아채지 못했고, 내 발이 땅을 디디고 있는지도 의식하지 못했고, 심지어 내 몸도 의식하지 못했기 때문이다. 내 눈에 들어온 그 장소들이 바닥도 천장도 없이 그냥 허공에 떠 있는 듯했고, 내가 그 모든 장소를 동시에 드나드는 느낌이었다. 태양이 눈부시게 빛났다. 머리 위엔 푸른 하늘이 펼쳐져 있었다. 그 순간 우리는 부두에 도착했다.

이제 심장이 마구 고동치고, 아무리 애를 써도 입이 자꾸 벌어지고 콧구멍도 점점 커졌다. 방파제의 판자 사이로 빠져 암녹색 뱀장어들이 헤엄쳐 다니는 암녹색 물속으로 떨어질 것 같던 오랜 두려움이 엄습했다. 아빠의 위장이 나빠졌을 때 의사는 매일 저녁식사 직후에 산책을 하라고 했다. 아빠는 이따금 나를 데리고 나갔다. 나를 데리고 나갈 때면 대개 부둣가로 갔고, 아빠는 거기 앉아 야간 경비원과 크리켓을 비롯해 이런저런 이야기를 나눴는데, 개인적인 이야기가 아니어서 내겐 흥미롭지 않았다. 자기 부인이나 아이들이나 부모님, 자기들이 좋아하고 싫어하는 것들의 이야기를 하는 일은 없었다. 말하는 투도 참 이상해서, 나로서는 뭐가 그렇게 웃긴지 모르겠는데, 때로 상대의 말에 얼마나 큰 소리로 껄껄대는지 그 웃음소리가 저멀리 바다로 나아갔다가 메아리로 돌아오곤 했다. 방파제로 산책을 나간 날 근무를 서는 야간 경비원이 아빠와 이야기가 잘 통하는 그 사람이면 난 늘 아쉬웠다. 마치 숫자와 도표와 가정假定이 가득한 책 안에 갇힌 기분이었다. 두 사람이 하는 말을 이해할 수도, 즐길 수도 없었다는 것은 곧 방파제 판자 사이로 빠질 것만 같은, 내 머릿속 두려움을 떨칠 수 있게 해줄 것이 하나도 없다는 뜻이었기 때문이다.

지금도 내게 벌어지는 일을 머릿속에서 떨칠 수 있게 해줄 만한 것이 아무것도 없었다. 엄마와 아빠―내가 영영 두고 떠날 사람들이었다. 내 고향인 이 섬―그 역시 영영 떠날 곳이었다. 이걸 다 어떻게 이해해야 하지? 내면이 텅 비어버리는 익숙한 느낌이 찾아왔다. 내 의지와 상관없이 아래로 끌려내려가는 느낌. 머리부터 발끝까지 활활 타오르는 느낌. 누군가 나를 갈기갈기 찢어, 그렇게 산산조각난 내 몸이 푸르고 깊은 바닷속으로 떠내려가 자취를 감추는 것이 눈에 보일 정도였다. 웃어야 할지 울어야 할지 알 수가 없었다. 난 무엇이든 어느 하나에 너무 골똘하지 않는 편이 낫다는 걸 알았다. 나를 다른 승객과 함께 바다에 정박해 있는 선박으로 실어나를 배가 출항 준비를 하고 있었다. 아빠가 뱃삯을 지불한 뒤 우리는 승선을 기다리는 줄에 합류했다. 엄마는 내 가방을 열어, 여권과 엄마가 준 돈, 그리고 영국에 도착하면 함께 지내게 될 친척—나로서는 세상에 존재하는 줄도 몰랐지만—의 이름을 적어 성경책 사이에 끼워놓은 종이가 다 제대로 있는지 다시 확인했다. 방파제 건너의 부둣가에서 항만 일꾼들이 너벅선에서 짐을 내리기도 하고 싣기도 했다. 왜 내가 그 광경에 강한 인상을 받았는지는 모르겠지만 불현듯 강렬한 감정이 솟구치며, '다시는 이것을 보지 않으리'라는 문구가 내면으로 쏟아져 들어오듯 내 마음이 기쁨으로 가득 부풀었다. 하지만 '다시는 이것을 보지 않으리'라는 문구가 칼이 되어 찌른 듯 부풀었던 마음이 그만큼 순식간에 쪼그라들었다. 부모님 발밑에 맥없이 쓰러지지 않도록 날 지탱한 것이 무엇인지 알 수 없었다.

승객들이 모두 배에 오르자, 작은 배는 먼바다로 나아갔다. 방파제 너머의 바다는 언제나처럼 푸르렀고, 나아가는 배의 뒤로 길처럼 넓게 물길이 생겼다. 워낙 익숙해서 딱히 주의를 기울이지 않은 지 오래인 소리와 냄새가 스쳐갔다. 지금은 그 소리와 냄새가 느껴졌고, '다시는 이것을 보지 않으리'라는 영원한 문구가 내 안에서 오르락내리락했다.

물속으로 쏜살같이 들어갔다가 은빛이 도는 무언가를 입에 물고 올라오는 갈매기의 소리가 있었다. 바다 비린내가 나고 주위를 떠다니는 작은 쓰레기가 보였다. 일찍 귀항하는 어부들이 가득한 어선들이 있었다. 큰 소리로 서로에게 인사를 나누는 소리가 들렸다. 뜨거운 태양이 있었고, 푸른 바다가 있었고, 파란 하늘이 있었다. 멀지 않은 곳에 해변의 하얀 모래사장과 그 앞에 다닥다닥 붙어 있는 쇠락한 집들이 보였다. 어떤 지역에서는 가난한 사람들만 해안가에 살았기 때문이다. 엄마와 아빠 사이에 앉아 있던 나는 내가 엄마 아빠의 손을 힘주어 꽉 잡고 있다는 걸 문득 깨닫고는 혹시 두 분이 날 비웃는 게 아닐까 재빨리 살펴보았다. '다시는 이것을 보지 않으리' 하는 내 감정을 두 분도 빤히 알 것 같았기 때문이다. 하지만 그러기는커녕 아빠는 내 이마에 입을 맞췄고 엄마는 내 입에 입을 맞췄다. 그러곤 내가 원하는 만큼 잡을 수 있게 손을 내주었다. 모두 내 실수였다는 느낌이 밀려드는 순간, 난 이제 어린아이가 아니므로 뭔가를 결심했으면 끝을 봐야 한다는 사실을 마음에 새겼다. 그때 배가 여객선에 닿았고, 그걸로 끝이었다.

작별인사는 짧게 하라고 선장이 말했다. 엄마는 선장에게 인사를 하고는 날 소개했다. 내가 집을 떠나 혼자 이렇게 먼 여행을 하는 건 처음이니 잘 좀 봐달라고 부탁했다. 바베이도스에서 갈아탈 여객선의 선장에게 줄 편지도 건네주었다. 그러곤 내 선실로 함께 갔다. 다른 사람─모르는 어떤 여자─과 함께 쓸 작은 방이었다. 난 모르는 사람과 한방에서 자본 적이 여태껏 한 번도 없었다. 아빠는 내게 작별의 입맞춤을 하고는 잘 지내라고, 자주 편지하라고 말했다. 이 말을 하고 나를 바라본 후 바닥을 내려다보며 왼발을 흔들더니 다시 나를 바라보았다. 뭔가 하고 싶은 말이 있는 것이, 지금까지 한 번도 내게 한 적이 없는 말을 하고 싶은 것이 확실했지만, 그냥 몸을 돌려 방을 나갔다. 엄마는 "그럼"이라는 말과 함께 날 끌어안았다. 엄마 눈에서 눈물이 줄줄 흘렀고, 그로 인해 분명 나 역시 울기 시작했을 것이다. 난 엄마가 울면 항상 견디지 못했으니까. 내 몸을 감싼 엄마의 팔에 힘이 들어가며 날 꽉 조여왔고, 난 숨쉬기가 힘들었다. 그 바람에 내 눈물이 쏙 들어갔고 갑자기 경계심이 들었다. '뭘 원하는 거지?' 속으로 물었다. 그렇게 꽉 끌어안은 채 엄마가 내 피부를 긁어대는 듯한 목소리로 이렇게 말했다. "네가 무슨 일을 하건, 어디를 가건, 난 항상 네 엄마고 이곳은 항상 네 집일 거야."

나는 엄마의 품에서 몸을 빼내 약간 뒤로 물러섰다. 그러곤 정신을 차릴 셈으로 몸을 한번 털었다. 우리는 얼굴에 미소를 띤 채 한참을 서로 바라보았는데, 사실 내 속마음은 그와 반대였다. 눈에 보이지 않는 어떤 신호에 반응하듯이 우리는 동시에 "그럼"이라고 말했다. 엄마가 몸을 돌려 선실을 나갔다. 난 얼마나 지났는지 모르게 그 자리에 서 있다가, 이런 경우 다들 갑판에 나가 해안으로 돌아가는 가족과 친척에게 손을 흔든다는 사실이 떠올랐다. 갑판에 나가니 아빠는 보이지 않았지만, 눈으로 배를 훑으며 나를 찾아내려 하는 엄마의 모습이 보였다. 난 엄마가 이 용도로 내게 건네준 빨간 면 손수건을 가방에서 꺼내 허공에 대고 마구 흔들었다. 곧바로 나를 알아본 엄마 역시 정신없이 손을 흔들었고, 엄마가 탄 배가 너른 푸른 바다에 둘러싸여 성냥갑처럼 작아지고 엄마는 그 속의 점이 될 때까지 우리는 계속 손을 흔들었다.

나는 선실로 돌아와 침상에 누웠다. 중앙에 용수철이 달리기라도 한 듯 모든 것이 덜덜 떨렸다. 작은 물살이 찰싹찰싹 배에 부딪는 소리가 들려왔다. 액체가 가득찬 용기가 옆으로 엎어져 그 속에서 천천히 내용물이 흘러나오는 듯한, 예상치 못한 소리였다.

어머니 낙원을 떠나 홀로서기

『애니 존』은 자전적 소설로 유명한 카리브계 미국 소설가 저메이카 킨케이드의 첫번째 장편소설이다. 킨케이드는 이 소설의 주인공 애니와 마찬가지로 열일곱 살에 고향 앤티가를 떠나 뉴욕에서 입주 보모로 일했다. 삼 년쯤 보모 일을 하다 그만두고 여러 일을 하며 생활비를 벌면서 잡지에 글을 기고했고, 그러던 중 『뉴요커』의 편집자 윌리엄 숀의 눈에 띄어 이십 년간 『뉴요커』의 전속 작가로 일하며 작품활동을 했다. 『애니 존』도 본래 한 장章씩 잡지에 실었다가 이후 장편소설로 묶은 것이다.

킨케이드의 두번째 장편소설 『루시』는 주인공 루시가 입주 보모로 일하기 위해 뉴욕에 도착하는 장면으로 시작한다. 그런 점에서 두 작품은 주인공의 이름만 다를 뿐 두 권으로 이루어진 한 편의 성장소설이라고 할 수 있지만 분위기는 사뭇 다르다. 십대 후반의 루시가 뉴욕에서 보낸 일 년을 다루는 『루시』에 비해 애니가 열 살부터 열일곱 살까지 '사춘기'를 보내는 『애니 존』은 주변의 기대나 사회적 관습과 갈등하며 독립적인 정체성을 찾으려 하는 십대 주인공을 다루는 성장소설의 장르적 구분에 더 잘 들어맞는다.

주인공과 생년월일, 이름의 일부까지 공유할 정도로 자전적 사실에 아주 가까운 『루시』에 비해 『애니 존』에는 허구적인 요소가 많다. 엄마가 나이 많은 남자와 결혼한 정황은 동일하나, 루시가 아홉 살이 된 때부터 남동생 셋이 연이어 태어나 딸인 자신은 부모의 관심 밖으로 밀려나면서 남녀차별을 경험하는 것과 달리, 애니는 외동딸이고 다정한 아버지를 두고 있다는 설정이 무엇보다 그렇다. 그래서 핵가족 중심의 프로이트 정신분석학에 잘 들어맞는 면이 있고, 사실 부모의 성관계를 우연히 보게 되는 '원초적 장면'을 비롯하여 의식적으로 정신분석학에 기댄 장면도 여럿 찾아볼 수 있다. 또한 외삼촌의 죽음이나 주술사 마 졸리와 마 체스, 특히 작가 자신이 자전적 사실이 아니라고 설명한 후반부 애니의 원인 모를 병 등은 심리적 요인에 신화적이고 초현실적인 면을 더해 여러 차원의 상징성을 보여준다.

무덤과 죽은 자의 혼령이 등장하는 1장의 죽음과 엄마와의 행복한 관계를 다루는 2장의 낙원은 이 소설의 주요 상징이다. 죽음과 낙원은 동전의 양면과도 같은데, 작품 전체에서 여러 방식으로 등장하는 죽음이 1장부터 등장하는 까닭은 낙원이 이미 '잃어버린 낙원'이기 때문이다. 2장에서 애니는 엄마와 보낸 행복한 순간들을 상술한 뒤 자신이 "그런 낙원에서 살고 있었다"고 말한다. 엄마가 몸을 닦아주는 목욕 장면, 바닷물에서 엄마의 목에 매달려 헤엄치는 장면, 요리하고 정원을 가꾸는 엄마를 떠올릴 때의 냄새, 넋을 놓고 바라보던 엄마의 모습과 엄마의 목소리 등, 애니가 떠올리는 엄마와의 행복한 과거는 감각적인 묘사들로 가득하다. 두 사람이 애니 존이라는 똑같은 이름을 가지고 있고 같은 옷감으로 옷을 만들어 입는 것에서 단적으로 나타나듯 애니는 자신과 엄마를 하나의 존재로 여긴다. 그런데 어느 순간 애니는 영문도 모르는 채 그저 '다 컸다'는 이유로 엄마와 살던 낙원에서 쫓겨난다. 엄마라는 존재가 애니의 삶에서 거의 절대적이고 엄마와의 동일시가 워낙 강하기도 했지만, 왜 엄마의 태도가 변했으며 상황이 달라졌는지 납득할 수 없기에 이 과정은 더 고통스럽고 힘겹다.

애니 엄마는 도미니카에서 혈혈단신 앤티가로 넘어오면서 트렁크 하나를 사서 짐을 쌌는데, 독립적인 새로운 정체성을 추구하려는 노력을 상징하는 그 트렁크에는 이제 애니의 삶이 고스란히 담겨 있다. 애니는 엄마와 함께 트렁크를 정리하는 시간을 정말 좋아했고, 엄마가 애니의 삶을 돌아보며 들려주는 이런저런 이야기에서 엄마의 사랑을 한껏 느꼈다. 그때 업히듯 엄마 등에 기대 엄마 냄새를 맡는 모습은 목욕하는 시간과 마찬가지로 감각적인 친밀함으로 가득하다.

하지만 엄마의 뱃속에 있던 때부터 시작해서 어린 시절 내내 엄마가 '손으로 직접 만든' 의복과 침구 등이 담겨 있는 트렁크는 달리 보면 애니의 삶이 오롯이 엄마의 수중에 놓여 있다는 뜻이기도 하다. 목수인 아빠도 일상생활에 필요한 애니의 물건을 직접 만들어주었으니 마지막 애니의 말마따나 "어떻게 보면 두 분이 나를 당신들 손으로 직접 만들었다고도 할 수" 있다. 부모, 특히 엄마에게 전적으로 의존할 수밖에 없는 어린 시절은 그런 점에서 양가적이고 위태롭다. 애니가 앤티카를 떠나기 전 자신의 새 트렁크를 만들어달라고 아빠에게 부탁하는 것은 과거의 엄마처럼 자신도 가족에게서 벗어나 독립적인 삶을 꾸리겠다는 의지의 표현이다.

앤티가는 가부장제 사회이지만 남녀 역할 분리에 따라 가정사는 여성이 주로 주도하고 무엇보다 자식의 양육을 도맡아 하기에 엄마에 대한 유아의 의존도는 거의 절대적이고, 특히 동성인 여아는 대체로 엄마와의 밀착도가 더 높다. 또한 프로이트에 따르면 특정한 나이에 엄마와의 동일시를 포기하고 상징적 의미의 '이유離乳'를 이루게 하는 것이 오이디푸스 콤플렉스인데, 여아는 거세공포라는 확실한 계기가 부족해 엄마에 대한 애정을 거두는 일이 남아보다 복잡하고 어렵다. 엄마에 대한 애정과 동일시가 워낙 강했던 애니는 엄마와의 분리를 막아보려 '다 컸음'을 알려주는 신체적 변화를 포함한 '성장'을 처음엔 부정하고, 그것이 통하지 않자 엄마에 대한 애정은 한순간 강렬한 미움으로 변한다.

새 학교에 들어가 그웬이라는 절친한 친구를 사귀고 다른 또래 여학생들과 어울리며 애니는 엄마에 대한 일종의 복수를 한다고 생각하지만, 사실 그것은 자연스러운 성장의 단계라고 할 수 있다. 애니가 그 자연스러운 독립의 길에서 벗어나 엄마와의 격렬한 싸움에 돌입하게 되는 하나의 계기가 레드걸이다. 애니가 레드걸에 끌린 것은 깨끗하고 정돈된 삶, '여성적'이고 점잖은 삶이라는 엄마의 가치체계를 완전히 거스르기 때문이다. 그런데 처음엔 그런 단순한 반발심에서 시작되었을지 모르나 어느 순간 자학적·가학적 쾌락이 중심이 된 레드걸과의 관계는 '정상적'인 가족과 '정상적'인 욕망의 테두리를 벗어난다.

레드걸과의 관계는 부모와 사회가 세운 질서 바깥에 있으므로 레드걸과 어울리면서 그웬과의 관계가 소원해지고 소녀의 감성을 공유하는 학교 친구들과의 시간도 시들해지는 것이 당연하다. 자기 오빠와 결혼했으면 좋겠다는 그웬의 말에 경악하는 것에서도 나타나듯, 그웬과의 관계나 소녀의 감성을 공유하는 학교 친구들과의 교류란 사실 결혼과 가정이라는 엄마의 세계로 진입하는 중간단계로 결국 엄마와 같아지는 길이기 때문이다.

삶의 전부였다 할 엄마와 결별하려면 애니에겐 상징적인 죽음의 과정이 필요하다. 엄마에게 절대적으로 의존하는 유아기가 그렇듯이 엄마를 오로지 자신과의 관계에서만 이해하고 인정하는 애니는 자신과 분리된 엄마란 죽은 것이나 다름없으니 엄마가 죽었으면 좋겠다고 생각하지만 아직은 엄마 없는 삶을 상상할 수 없으므로 실제로 죽기를 바랄 수도 없다. 결국 죽음으로만 가능한 관계의 단절은 애니 쪽에서 일어나야 하고, 몇 달 동안 원인 모를 병에 걸려 사경을 헤맨 시간이 바로 엄마에게서 떨어져나오기 위해, 단단하던 탯줄을 끊고 독립적 자아를 얻기 위해 거쳐야 했던 과정이다.

석 달 반 동안 비가 오는 내내 침대에 누워 있던 애니는 불가사의하게 앓아누웠던 것과 마찬가지로 비가 그치자 불가사의하게 자리에서 일어난다. 그사이 집에 혼자 남겨졌을 때 꿈을 꾸듯 방안의 사진을 물에 씻는 사건은 여러모로 상징적이다. 사진들이 부풀면서 위로 오르락내리락하다가 땀을 줄줄 흘리며 역한 냄새까지 풍기는 탓에 사진을 몽땅 거둬다 물로 씻는데, 우선 부모의 허리 아랫부분을 다 박박 문질러

지워버린 것은 '원초적 장면'에서 충격적으로 인식한 부모의 성적 욕망의 부정이자 자신을 버리고 아빠와 애정을 나누는 엄마에 대한 배신감의 표현이다. 그리고 이모의 결혼사진에서 자신의 얼굴만 남기고 견진성사 사진에서는 자신의 의지를 고집했던 신발만 남긴 채 나머지를 다 뭉개버린 것은 가족 관계 속의 나, 엄마에게 의존하며 엄마와 하나라고 믿었던 과거의 나를 지우고 오롯이 '나'의 정체성과 의지를 세우려는 갈망을 나타낸다.

"내 이름은 애니 존이다." 마지막 장의 첫 문장인 이 말은 앤티가를 떠나는 날 아침 눈을 떴을 때 애니의 머리에 떠오른 생각이다. 이름이란 최초의 내 정체성, 나의 독립적 자아의 기초지만 사실 내 의지와 관계없이 부모가 부여하는 것이다. 따라서 부모가 이름과 더불어 내게 부여한 가족 내 정체성을 나의 독립적 정체성으로 새로 정의하려면 우선 내 이름을 진정 '내' 이름으로 인식해야 한다. 배를 타러 부두로 걸어가면서 과거의 자아를 하나하나 떠올리며 자신의 정체성에서 벗겨내는 과정이 바로 엄마와 동일하지 않은 독립된 존재로서의 나를 세우려는 노력이다.

애니는 '다시는 이것을 보지 않으리'를 되뇌며 그날 하는 일이 모두 마지막이고 앞으로는 과거의 관계에서 멀어지는 한 방향으로만 나아가리라 결심한다. 모든 관계를 그렇게 다 끊어내니 "내면이 텅 비어버리는 익숙한 느낌"이 드는 것도 당연할 것이다. 19세기 서구 성장소설의 원형인 교양소설에서 주인공은 사회와 갈등하고 관습에 맞서다가 결과적으로 일종의 타협을 이루며 사회의 구성원으로 받아들여진다. 그것이 말하자면 그 당시의 성장이고 성숙이었다. 하지만 갈수록 사회와 개인의 갈등이 심화되어 양자가 거의 대척점에 서면서 사회와 별개의 자아, 사회로부터 지켜야 할 '온전한' 자아라는 개념이 부각된다. 그것은 현대사회에 들어 그만큼 개인의 소외가 심화되었다는 사실을 반영하지만 동시에 소외를 더욱 심화시키는 일이기도 한다. 애니의 사춘기 시절을 함께해온 독자는 고향과 가족을 영원히 떠나는 애니의 심정을 십분 이해하고 공감하지만, 가족과 고향에서 멀어지는 단 하나의 방향으로 살아가겠다는 결심이 앞으로 어떤 삶으로 이어질지 그려보기는 쉽지 않다.

"왜 그런 심정이 들었는지 말로 설명해보라고 누군가 요청했더라도, 왜 그런 심정이었는지 곰곰이 따져보고 그 이유를 설명할 말을 찾아낼 수년의 시간이 주어졌더라도 난 단 한 글자도 끄집어내지 못했을 것이다. 내 심정이 그러했고 그것이 내 평생 느낀 가장 강렬한 감정이었다는 것만 알았을 뿐이다."

한참 뒤 그 시절을 돌아보며 이 작품을 쓴 작가도 여전히 그 심정을 설명하지 못하는 듯하다. 독자가 책의 마지막 장을 덮으며 설명되지 않는 강렬한 감정을 마주하는 까닭도 그래서가 아닐까 싶다.

정소영

1949년   5월 25일 서인도제도의 앤티가섬에서 도미니카 이민자인 애니 리처드슨과 로더릭 포터의 딸로 태어남. 태어날 때의 이름은 일레인 포터 리처드슨Elaine Potter Richardson. 이후 어머니가 목수인 데이비드 드루와 재혼함.

1958년   첫 남동생이 태어남.

1966년   식구가 많아져 가정 형편이 어려워지자 어머니가 학교를 그만두게 하고 입주 보모로 뉴욕주의 스카스데일에 보냄. 일 년 만에 그 집에서 나와 다른 집으로 옮긴 뒤 고향에 돈도 보내지 않고 가족과 연락을 끊음.

1969년   뉴햄프셔의 프랜코니아대학에 전액 장학금을 받고 입학해 사진을 공부하지만 일 년 만에 자퇴함. 다시 뉴욕으로 돌아가 생활비를 벌기 위해 여러 단기 직업을 전전하며 『앤제뉘』『더 빌리지 보이스』『미즈』등의 잡지에 글을 기고함.

1973년   저메이카 킨케이드라는 필명을 사용하기 시작함('저메이카'는 콜럼버스가 서인도제도를 발견했을 당시 'Xaymaca'라는 섬의 이름을 듣고 영어식으로 부른 이름으로 식민지성을 나타내고자 택했으며, '킨케이드'는 저메이카와 잘 어울려서 골랐다고 함). 『파리 리뷰』『뉴요커』에 단편소설을 기고함. 『뉴요커』의 고정 칼럼니스트인 조지 W. S. 트로와 친분을 쌓고 그를 통해 편집장인 윌리엄 숀을 소개받음.

1974년   『뉴요커』에 첫 글이 실림.

1976년   『뉴요커』의 전속 작가가 되어 이후 이십 년 동안 글을 씀. 그중

구 년간 '마을 이야기Talk of the Town'난에 고정적으로 칼럼을 씀.

1979년 윌리엄 숀의 아들인 작곡가 앨런 숀과 결혼하고 유대교로 개종.

1983년 소설집 『강바닥에서At the Bottom of the River』 출간. 이듬해 모턴다우언제이블상을 받음.

1985년 첫 장편소설 『애니 존Annie John』 출간. 이 작품으로 로스앤젤레스 타임스 도서상 후보에 오름. 버몬트주의 베닝턴으로 이사. 딸 애니 출생. 구겐하임 펠로십 수상.

1986년 동화책 『애니, 그웬, 릴리, 팸, 그리고 튤립Annie, Gwen, Lily, Pam, and Tulip』 출간. 이십 년 만에 앤티가를 방문함.

1988년 에세이 『카리브해의 어느 작은 섬A Small Place』 출간. 백인 관광객과 타락한 앤티가 정부를 격렬하게 비판하는 내용으로 문체가 워낙 공격적이어서 『뉴요커』는 이 책에 실린 글을 잡지에 싣기를 거부했고, 앤티가 정부는 1992년까지 비공식적으로 킨케이드의 입국을 금지함.

1989년 아들 해럴드 출생.

1990년 장편소설 『루시Lucy』 출간. 모친 애니 드루가 버몬트로 찾아옴.

1995년 『뉴요커』의 전속 작가를 그만둠.

1996년 장편소설 『내 어머니의 자서전The Autobiography of My Mother』 출간. 이듬해 전미도서비평가협회상과 펜/포크너상 최종 후보에 오름.

1997년 1996년에 에이즈로 사망한 막냇동생의 회고록 『내 남동생My Brother』 출간.

1998년 에세이 『내가 가장 좋아하는 식물My Favorite Plant』을 직접 편집해 출간.

1999년 에세이 『내 정원My Garden』 출간. 래넌상 수상.

2000년 『내 남동생』으로 페미나 외국소설상 수상.

2001년	『뉴요커』에 쓴 칼럼을 엮어 『마을 이야기 *Talk Stories*』 출간.
2002년	장편소설 『포터 씨 *Mr. Potter*』 출간. 앨런 숀과 이혼.
2004년	미국 문학예술아카데미 회원으로 선출됨.
2010년	『애니 존』으로 클리프턴 패디먼 메달을 받음.
2013년	장편소설 『그때 지금을 보다 *See Now Then*』 출간. 이듬해 비포 콜럼버스 재단의 미국도서상을 받음.

문학동네 세계문학전집 발간에 부쳐

세계문학은 국민문학 혹은 지역문학을 떠나 존재하는 문학이 아니지만 그것들의 총합도 아니다. 세계문학이라는 용어에는 그 나름의 언어와 전통을 갖고 있는 국민문학이나 지역문학의 존재를 인정하면서 그것을 넘어서는 문학의 보편적 질서에 대한 관념이 새겨져 있다. 그 용어를 처음 고안한 19세기 유럽인들은 유럽문학을 중심으로 그 질서를 구축했지만 풍부한 국민문학의 전통을 가지고 있는 현대의 문학 강국들은 나름의 방식으로 세계문학을 이해하면서 정전(正典)의 목록을 작성하고 또 수정한다.

한국에서도 세계문학 관념은 우리 사회와 문화의 변화 속에서 거듭 수정돼왔다. 어느 시기에는 제국 일본의 교양주의를 반영한 세계문학 관념이, 어느 시기에는 제3세계 민족주의에 동조한 세계문학 관념이 출현했고, 그러한 관념을 실천한 전집물이 출판됐다. 21세기 한국에 새로운 세계문학전집이 필요하다는 것은 명백하다. 우리의 지성과 감성의 기준에 부합하는 세계문학을 다시 구상할 때가 되었다.

문학동네 세계문학전집은 범세계적으로 통용되는 고전에 대한 상식을 존중하면서도 지난 반세기 동안 해외 주요 언어권에서 창작과 연구의 진전에 따라 일어난 정전의 변동을 고려하여 편성되었다. 그래서 불멸의 명작은 물론 동시대 세계의 중요한 정치·문화적 실천에 영감을 준 새로운 작품들을 두루 포함시켰다.

창립 이후 지금까지 한국문학 및 번역문학 출판에서 가장 전문적이고 생산적인 그룹을 대표해온 문학동네가 그간 축적한 문학 출판 경험을 바탕으로 새로운 세계문학전집을 펴낸다. 인류가 무지와 몽매의 어둠 속을 방황하면서도 끝내 길을 잃지 않은 것은 세계문학사의 하늘에 떠 있는 빛나는 별들이 길잡이가 되어주었기 때문이다. 우리가 자부심과 사명감 속에서 그리게 될 이 새로운 별자리가 독자들의 관심과 애정에 힘입어 우리 모두의 뿌듯한 자산이 되기를 소망한다.

문학동네 세계문학전집 편집위원
민은경, 박유하, 변현태, 송병선, 이재룡, 홍길표, 남진우, 황종연

지은이 저메이카 킨케이드
1949년 5월 25일 카리브해 동쪽에 있는 영국 연방 내 독립국인 앤티가섬의 수도 세인트존스에서 태어났다. 본명은 일레인 포터 리처드슨. 1966년 뉴욕주의 스카스데일로 건너가 입주 보모로 일했고, 프랭코니아대학에서 사진 관련 수업을 수강했다. 1973년부터 필명 '저메이카 킨케이드'를 쓰며 『뉴요커』의 전속 작가로 작품활동을 한다. 1983년 소설집 『강바닥에서』를 출간했다. 이년 뒤 첫 장편소설 『애니 존』을, 뒤이어 『루시』를 발표했다. 에세이, 회고록, 논픽션 등 다양한 장르를 아우르며 다수의 작품을 썼고, 2004년 미국 문학예술아카데미 회원으로 선출되었다.

옮긴이 정소영
영문학을 공부하여 박사학위를 받은 뒤 십수 년 동안 대학에서 강의를 했고, 지금은 전업으로 번역 일을 하고 있다. 옮긴 책으로는 『웃음과 비탄의 거래』 『어떻게 지내요』 『책 읽기를 정말 좋아하는 사람들 아닌가』 『실크 스타킹 한 켤레』 『대사들』 『아름다움을 만드는 일』 『유도라 웰티』 『권력의 문제』 『루시』 등이 있다.

세계문학전집 213
애니 존

초판 인쇄 2022년 7월 20일
초판 발행 2022년 7월 29일

지은이 저메이카 킨케이드 | 옮긴이 정소영

책임편집 김지은 | 편집 김경은 오영나
디자인 김문비 최미영 | 저작권 박지영 형소진 이영은 김하림
마케팅 정민호 이숙재 박치우 한민아 이민경 박지영 안남영 김수현 정경주
브랜딩 함유지 함근아 김희숙 박민재 박진희 정승민
제작 강신은 김동욱 임현식 | 제작처 영신사

펴낸곳 (주)문학동네 | 펴낸이 김소영
출판등록 1993년 10월 22일 제2003-000045호
주소 10881 경기도 파주시 회동길 210
전자우편 editor@munhak.com | 대표전화 031)955-8888 | 팩스 031)955-8855
문의전화 031)955-3578(마케팅), 031)955-2691(편집)
문학동네카페 http://cafe.naver.com/mhdn
인스타그램 @munhakdongne | 트위터 @munhakdongne
북클럽문학동네 http://bookclubmunhak.com

ISBN 978-89-546-4175-3 04840
     978-89-546-0901-2 (세트)

www.munhak.com

● 문학동네 세계문학전집은 계속 출간됩니다